成长之书

以梦为马的少年

李兴海 ◎ 主编

吉林出版集团股份有限公司
全国百佳图书出版单位

图书在版编目（CIP）数据

以梦为马的少年 / 李兴海主编. -- 长春：吉林出版集团股份有限公司，2018.11（2021.5重印）
ISBN 978-7-5581-5944-2

Ⅰ.①以… Ⅱ.①李… Ⅲ.①散文集－中国－当代 Ⅳ.①I267

中国版本图书馆CIP数据核字（2018）第256535号

CHENGZHANG ZHI SHU YI MENG WEI MA DE SHAONIAN
成长之书：以梦为马的少年

李兴海 / 主编

出 版 人	齐　郁
责任编辑	张婷婷
装帧设计	张振东
出　　版	吉林出版集团股份有限公司
发　　行	吉林出版集团青少年书刊发行有限公司
地　　址	长春市福社大路5788号（130118）
电　　话	0431-81629800
印　　刷	天津海德伟业印务有限公司
版　　次	2018年12月第1版 2021年5月第2次印刷
字　　数	160千字
开　　本	720mm×1000mm 1/16
印　　张	10
书　　号	ISBN 978-7-5581-5944-2
定　　价	32.00元

版权所有·翻印必究

在阅读中享受最美好的青春

20岁时,我第一次去凤凰,不为古镇美景,只为能与偶居夺翠楼的黄永玉先生见上一面。

时逢雨季,沱江奔啸,烟涛微茫信难求。苦待数日,仍没能等到想见之人。

我在清冷的雨丝中独自徘徊,满心失落。无意中走进一家书店,里面尽是沈从文先生的作品。无处可去,只好在僻幽的角落里翻阅旧籍,而后便一发而不可收。

回程当日,总觉有重要的东西遗落城中,寻思许久,才跑去那条巷子里的书店买了本泛黄的《边城》。这本有着深蓝小印戳的《边城》至今仍安躺于我的书柜里——它不仅使我在未果的行程中获得些许补偿,更让我在之后的时光无比怀念20岁的自己。

再后来,我与书结下了不解之缘。不但自己看书写书,更领着诸多热爱文学的人走上了自己想走的路。

我经常对学生们说,阅读是写作的命脉,只有不断阅读,才能保持创作角度的新颖和思维的敏捷。然而,阅读所赐予我们的又何止这些?

不管在何时何地,只要我手中捧着一本书,心里便会觉得安然。书不但能排遣无聊和寂寞,将岁月的伤口逐一缝补,还能把心灵淬炼成一块玲珑美玉。

爱书之人，必是睿智且沉稳的，遇事不惊，处之泰然。古人所说的"腹有诗书气自华"便是这个意思。

经常看书和沉迷在网游世界的心灵绝对是不一样的，前者往往更能体悟"一叶一菩提"的真谛。书本给予心灵的力量，是不可言喻的。十年寒窗，说的并不是读书人的艰辛，而是意在表述读书人的坚忍和不懈。试问，有多少人可以在寒窗下十年如一日地重复做一件事情呢？

曹文轩老师曾说"世间最优雅的姿态就是阅读"，不论静坐还是倾卧，甚至在卫生间里，它都是最美的姿态。因为这样的人，通常都会从骨子里散发出一种极具亲和力的书卷气。

阅读人物，通晓历史，可由他人鉴知自己得失；阅读杂文，百味世事，可在辛言辣语中澡雪精神；阅读情感，温热肺腑，可居书香浓情里滋养心灵；阅读故事，体会人生，可于静谧岁月中倾情流泪……

每一种书，都是风景；每一本书，都是亟待窥破的秘密。

宋朝诗人黄庭坚有一句名言："三日不读书，则义理不交于胸中，对镜觉面目可憎，向人亦语言无味。"这其中说的，就是每日读书的重要性。

这套图书，所遵循的就是这个简单的理论。通过遴选当下不同类型的精华文章，给读者以不同的心灵养分。为了能找到年度最精华的文章，为了给读者省去寻找的冗长时间，我们几乎把近年的期刊翻了个遍。目的就是为了去其糟粕，取其精华。

我们的宗旨只有一个，就是为这个时代的读者奉献好书。

但愿我们可以放慢匆乱的步伐，一起在欢愉的阅读中，享受青春，优雅前行。

李兴海

2018 年 4 月

目 录

如果梦想有捷径，那一定叫坚持

羊角花又开／曾维惠	2
"萌妹子"的军人梦／罗光太	11
我们都是弦上待发的箭／冠一豸	16
如果梦想有捷径，那一定叫坚持／罗光太	21
黄乐乐的"武侠小江湖"／阿杜	25
一起奔跑的盛夏时光／安一朗	30
少年在路上／安宁	36
嘿！牛先生／安一朗	42

少年的梦想熠熠生辉

希望被风沙搁浅／阿杜	50
出发是最好的开始／王瑞辰	58
从"学渣"到"学霸"的路有多远／安一心	63
一路上有你／安一心	68
少年的梦想熠熠生辉／罗先华	72

你就是最好的自己

女儿的故事（节选）／梅子涵	80
青春的出走仓促落幕／安宁	84
青春就是一场场的考试／李耿源	87
当菜农的60天／墨冉	89
你就是最好的自己／雷碧玉	91

梦想从来不卑微

打拳女孩/小家碧玉	96
脆弱肢体坚强心/小家碧玉	98
一生与蝈蝈打交道的工匠/王白石	101
卑微碎片里的蒙太奇生命/静若秋水	103
梦想从来不卑微/李红都	105
巧用盐巴建餐厅/筱蕾	108
打败考古学家的15岁"小鲜肉"/雷碧玉	110

梦想,与残缺无关

用车轮丈量我的梦/筱玉	114
梦想,与残缺无关/墨冉	117
让缺陷像金子一样发光/陈亦权	120
你看见鄙夷,我看见财富/陈亦权	123
卡耐基一生的两面镜子/尔东	126
把自己当成种子钻进土壤里/尔东	129

用心去触摸世界

一粒雄伟的沙子 / 木又	134
只赚两美分 / 九木	137
留一半工作给明天 / 古儿	139
千里走单骑 / 阿玉	142
用心去触摸世界 / 青岚	145
一生只做五块表的懒工匠 / 墨冉	148
从一美元剧本到天才导演 / 赤无头	151

如果梦想有捷径，那一定叫坚持

  我始终觉得，一个人活着，并不是为了生存，而是为了兑现自己年少时的誓言，为了追逐可能很遥远的梦想。有人问我是否有通往梦想的捷径？我的回答是：如果梦想有捷径，那一定叫坚持。这是很多年前，我的老师告诉我的。

羊角花又开

曾维惠

山里的羊角花又开了。

春天刚到不久,那些生长在阳坡的羊角花,便早早地打出花苞,早早地绽放,让春风拂过她们的笑脸,让春雨滋润她们的花蕊。

一场春雨过后,羊角花的花瓣上滚动着晶莹的露珠儿。这些露珠儿是羊角花的眼泪吗?

一

三间低矮的瓦房,再加两间低矮的茅草房,这就是黑娃的家。

清晨,茅草房里。

黑娃在茅草房里切好了好大一堆猪草。爷爷在另一间茅草房里养了四头猪,需要切好大一堆猪草才够这四头猪吃一顿。这些猪草是爷爷赶早割回来的。这会儿爷爷又到地里劳动去了,他总是有做不完的农活儿。

黑娃把猪草放进那口直径一米左右的大铁锅里,掺进水,让水将要没过猪草为止。然后,黑娃把十几个红薯洗干净,埋进锅里,和猪草一起煮。

黑娃用竹叶引燃了火,往灶膛里添了几块干柴。这可是上等的干柴。去年秋天的时候,13岁的黑娃和近70岁的爷爷到山上砍了几棵长得不够直的松树,锯成几截,背回家里,再用斧头劈成小块儿,堆到屋檐下。现在,这些柴块儿已经干了,估计能烧过这个春天。

黑娃很黑。除了一口洁白的牙齿,他好像浑身都是黑色的。班里的同学闲着没事比优点,比到最后,没有优点可拿出来比的同学,便和黑娃比皮肤白,一比准赢。每到那时,黑娃便憨憨地一笑,什么也不说,认输就是。

猪草煮好了,红薯也煮好了。这些红薯是黑娃和爷爷的早饭。把红薯放进猪草锅里一起煮,可以省柴。本来大山里的人家都有烧不尽的柴,但是爷爷说过"要节俭持家",黑娃记在心里。

黑娃把红薯从猪草锅里捞出来,剥了皮,分别盛在三个大粗碗里。满满的三大碗红薯呢,爷爷一碗,黑娃一碗,还剩下一碗黑娃要带到学校去,当午饭吃。黑娃从泡菜坛子里抓出来一些咸萝卜,切成小块,盛在一个盘子里。这就是爷孙俩的早饭。

红薯很养人。黑娃吃了红薯,长得很敦实。爷爷吃了红薯,脸泛红光,精神百倍。

爷爷扛着锄头回来了。爷爷总是在黑娃把早饭做好的时候,很准时地回来,他能够算准孙子在什么时候把猪草和早饭煮好。

和黑娃一样,爷爷的胃口很好,他大口大口地啃着红薯。红薯就着咸菜吃,一定很有味道。

黑娃也吃得很快。经过一个晚上的消化,又忙碌了一个早上,他肯定也饿极了。

"给,多吃些。"爷爷从自己的碗里拿了一个红薯放进黑娃的碗里。

"嗯。"黑娃只是应了一声,便把这个红薯吃了。

二

山村学校很简陋。小学和初中都在同一个校园里。

学校的后山上，那片美丽的羊角花盛开了。紫色的、红色的、粉色的、黄色的、蓝色的、白色的……一团团、一簇簇、一朵朵……美丽的羊角花，开得那么绚烂多姿。

学校一共有九个班，小学六个班，初中三个班，每个班都不足30人。

黑娃在这所学校上初中二年级。

黑娃要小跑二十几里山路才能到学校。黑娃会带一些如红薯、面疙瘩、玉米棒子等到学校当午饭吃。

"周杜鹃，中午一点钟到我办公室接电话，是你爸爸妈妈打来的。"老师上完课后，大声说。

"哇，周杜鹃有电话了！"同学们都十分羡慕。

山里的日子很苦。土地贫瘠，出门就是坡坡坎坎，一眼能望到的地方，走起路来要走上半天。劳累一年下来，能填饱肚子就不错，根本不可能有积蓄。要谈婚论嫁的，得出去打工挣钱。孩子在上学的，要出去为孩子挣学费、生活费。所以，山里的青壮年大多外出打工了，深圳、广州、上海……这些都是他们认为能挣钱的地方。

山里人家能装电话的不多。外出打工的家长要和孩子联系，就喜欢借用学校的电话。所以，老师在下课的时候，通常会通知哪位同学去办公室接电话。被叫到名字的同学自然是欣喜万分，因为可以听到爸爸妈妈的声音了。

黑娃的爸爸妈妈好久没有打电话回来了。

黑娃的爸爸憨厚老实，没读过多少书，识不了几个字，现在在建筑工地上做力气活儿。黑娃的妈妈虽然识不了几个字，但心灵手巧，在一家玩具厂做事。他们说，长途电话费用高，省下这些钱给黑娃买新衣服。

黑娃的爸爸妈妈已经三年没有回来过了。他们外出的时候，黑娃哭着不让走。

爸爸说："等你娶媳妇的时候要用好多钱，我们要先给你准备着。"

妈妈说："我们出去挣钱建新房子。建成砖房，不怕风吹，不怕雨淋。"

黑娃说："我要好好读书，将来到北京上大学，不要这里的砖房，也不要你们的钱。"

爷爷笑了,他说:"你比你爹娘有出息多了。"

爸爸妈妈心满意足地走了,他们说,他们要为黑娃挣好多钱,供黑娃读高中,上大学。

爸爸妈妈每年都要寄一些钱回来,让爷爷和黑娃零用。

爷爷说:"油盐柴米钱,我自己能挣,这些钱留着,以后用处大着呢。"

黑娃说:"我也不用钱,我能吃饱就行。"

爸爸妈妈很久没打来电话了。他们给黑娃寄了几套衣服回来。黑娃长高了,他们寄回来的衣服,都很长、很大。

黑娃挑出那套最大的深灰色的衣服,拿到爷爷面前:"爸爸妈妈说,这是给你买的,穿上吧。"

爷爷好久没穿新衣服了。他的衣服都是"新三年,旧三年,缝缝补补又三年"。爷爷捧着这套衣服,脸上笑出了花,说:"好是好,只是太浪费钱了。我整天泡在泥水里,用不着,留着你穿吧。"

在周杜鹃接电话的时候,黑娃也想念爸爸妈妈了。

黑娃吃完从家里带来的红薯,独自一人来到学校的后山,躺在羊角花丛中,睁大眼睛,望着蓝天上飘过的白云。一阵风儿吹来,一朵红色的羊角花从枝头飘落,正好落在黑娃的脸上。噢,痒痒的。黑娃捡起这朵羊角花,摘下它的花瓣,放进嘴里,酸溜溜的,甜丝丝的。

这就是思念的味道吧?

三

夜深了,灯光昏暗。

"黑娃,去把屋后的那个树根给我抱进来。"爷爷一边"当当当"地敲着木头,一边说。

黑娃摸黑来到屋后,把那个树根抱到了屋里。这是枯死的树根。

"你看,这树根像不像一只老鹰?"爷爷问黑娃。

黑娃看了看，说："像。"

爷爷和黑娃的对话，一直很简单。

爷爷不再说话，他一会儿用锯子，一会儿用木锉，一会儿用凿子，一会用刨子……

黑娃也在做事情。他用凿子凿着粗大的羊角花的秆，他能凿出碗、盆、勺等生活用品。这些手艺，黑娃是在爷爷那里学来的。

黑娃的爷爷，白天在地里劳作，晚上在家里劳作，他能用木材做出许多木器，拿到市场上卖个好价钱。

精雕细琢了半个月，爷爷的老鹰雕刻好了。黑娃也做出了不少东西：两个碗、五个勺、一个盆。

大概有一个月没有赶集了吧？爷爷准备去一次，把该卖的卖了，把该买的买回来。

集市很远，比去黑娃的学校还要远。

大概是周末凌晨三四点钟的时候，爷爷起了床，借着昏黄的灯光开始做早饭。

爷爷洗锅、生火的声音惊醒了熟睡的黑娃。黑娃翻身起床，来到灶房，麻利地捡红薯、洗红薯、下锅……今天，黑娃多煮了一些红薯，爷孙俩的午饭也指望这些红薯呢！

当爷爷把今天要带去卖的木制器皿、老鹰茶、野山菇等收拾好的时候，黑娃把红薯也煮好了。

吃过早饭，爷爷负责背木制器皿，黑娃负责背老鹰茶和野山菇等。

"老鹰木雕呢？"黑娃问。

"不卖。"爷爷说。

"肯定很受欢迎。"黑娃说。

"山里人不会买这样的根雕。如果拿到城里去卖，也许能卖个好价钱，"爷爷顿了顿，说，"给你留着，以后放在新房子里，好看。"

月亮很圆，月光很亮。山路上的石板泛着亮光，不用火把或手电都能看到前行的路。

山里的集市很简单,没有太多新鲜的玩意,基本都是农家自产的山货。爷爷和黑娃带来的木制器皿一般都是抢手货,因为它们真的是物美价廉:木碗,两元钱一个;木盆,10元钱一个;勺,5角钱一个……现在,5角钱还能买到什么呢?

爷爷制出来的老鹰茶,泛着亮光,飘着茶香;爷爷采的山菇是最好的野山菇,炖出来的汤,有着说不出的香。

爷爷拿出一部分卖东西的钱买了食盐、酱油、醋等,还给黑娃买了一块热气腾腾的米糕。

"吃吧。"爷爷说。

黑娃把这块儿米糕分成两小块儿,把稍大的那一块儿递给爷爷:"你也吃。"

爷孙俩分享着这家里少有的美味。

黑娃的妈妈在家的时候,她会做这种米糕。自从妈妈出去打工后,他们便再也没有吃到过这样的米糕。

爷爷和黑娃都只会做最简单的饭菜:煮红薯,熬稀粥,焖白米饭,炒小白菜……想吃肉的时候,割一小块腊肉放进锅里煮熟,切成一片一片的,抓一把韭菜和辣椒一起炒,便是家里最好的美味。

已经是中午时分,爷爷拿出早上煮熟的红薯,爷孙俩蹲在街角津津有味地吃着。

吃完红薯,该回家了。

一路上,有好多盛开的羊角花。爷爷渴了,蹲下身来,捧山泉水喝。黑娃坐在羊角花丛旁,摘几朵羊角花,一瓣儿一瓣儿地细细嚼着,酸溜溜的,甜丝丝的,很解渴。

很小很小的时候,黑娃和妈妈一起赶集,妈妈走累了,也老爱停下来摘羊角花的花瓣吃。调皮的黑娃喜欢和妈妈抢花瓣,他专门抢妈妈快要放进嘴里的羊角花瓣。妈妈总是笑眯眯地骂道:"小坏蛋,专门到我嘴边来抢……"

黑娃细细地嚼着羊角花瓣,他想妈妈了。

四

　　黑娃摘回了好多羊角花的花瓣儿,晒在簸箕里,他要晒好多好多的羊角花瓣茶。

　　爷爷笑了:"鬼精灵,还晓得这花儿晒干可以泡茶喝,喝了能治好多病呢。"

　　自从妈妈走了以后,家里便没有晒过羊角花瓣茶。

　　以前妈妈在家的时候,每到羊角花开的季节,她会摘许多羊角花瓣儿回来,晒干,然后泡茶喝。

　　周末,黑娃一个人来到了集市上。黑娃不卖东西,也不买东西,他来到了邮政局。

　　"把这些东西寄到这个地址,要多少钱?"黑娃把装有羊角花瓣茶和两个木碗的包裹递给邮政局的阿姨。

　　"称一下重量。"邮政局的阿姨说。

　　过了一会儿,阿姨说:"这包东西的邮寄费要30元。"

　　黑娃的口袋里只有10元钱。这10元钱他攒了一年了。有时候和爷爷一起去赶集,爷爷会给他一两元钱,打发他自己去逛一逛,顺便买点儿东西吃。黑娃什么也舍不得买,便把这些钱攒下来了。

　　要寄这些羊角花瓣茶和木碗,还差20元呢!

　　"山里人不会买这样的根雕。如果拿到城里去卖,也许能卖个好价钱。"黑娃想起了爷爷说过的话。

　　黑娃把那个老鹰根雕和一包羊角花瓣茶带到了学校。他来到了老师的办公室,把根雕和花瓣茶放在老师的办公桌上。

　　"这是……"老师奇怪地望着黑娃。

　　"老师,羊角花瓣茶是我送给你的,"黑娃小声地说,"你能帮我把这个老鹰根雕带到城里去卖了吗?"

　　黑娃知道老师每个月都会回一趟省城。

"噢,谢谢你的花瓣茶。可是,这么漂亮的根雕为什么要卖呢?"老师问。

"我……"黑娃一时不知道该说什么。

"你急需用钱吗?可不能乱花钱啊!"老师说,"这么漂亮的根雕,可值不少钱呢。"

"我还缺 20 元钱,"黑娃说,"我要给妈妈寄羊角花瓣茶去。"

老师从口袋里掏出 20 元钱递给黑娃,说:"你真是有孝心的好孩子。你把这 20 元钱拿去,给妈妈寄东西吧。"

"我……不能白拿你的钱。"黑娃记住了爷爷的话,也记住了爸爸妈妈的话:不能随便要别人的钱和物。

老师想了想,说:"这样吧,你再去晒一些羊角花瓣茶,卖给我,我带回去送朋友,好吗?"

凭自己的劳动赚钱,是一件很光彩的事情呢。黑娃答应了老师的要求,他说:"谢谢老师!等我晒好了花瓣茶,再来拿这 20 元钱。"说完,便准备走出办公室。

"放学的时候,记得来把根雕带走啊。"老师说。

"好的。"黑娃说这话的时候,已经跑出了办公室。

黑娃晒了好大一包羊角花瓣茶,他估摸着值 20 元钱了吧,才送到了老师的办公室。其实,老师也晒了不少羊角花瓣茶,不过,她觉得她应该以这样的方式给黑娃 20 元钱。

黑娃拿到了期盼已久的 20 元钱,便一溜小跑到了集市,把那包花瓣茶和木碗夹着自己的思念一起寄给了远方的爸爸妈妈。

五

冬去春来,又是一年春来到。山上的羊角花又开了,映红了整个山林。

黑娃躺在羊角花丛中,嚼着羊角花瓣,酸溜溜的,甜丝丝的。黑娃知道,这就是思念的味道。

噢,下雨了。春雨沙沙作响,打在羊角花瓣儿上。黑娃闭着眼睛,任雨水打着脸颊，任雨水浸湿了他的衣裳。

雨过天晴。羊角花的花瓣上滚动着晶莹的露珠儿。这些露珠儿，是羊角花的眼泪吗？

远方的爸爸妈妈，也能看到这如火、如霞、如雪的羊角花吗？也能闻到羊角花的清香吗？

当妈妈喝着羊角花瓣茶的时候，是不是也在想念黑娃？

亲爱的爸爸妈妈，你们可知道，爷爷一天天在老去，黑娃一天天在长大……

"萌妹子"的军人梦

罗光太

一

"萌妹子"并非真妹子,他是我的同桌郝强,只因为长得细皮嫩肉、羸弱清秀,再加上说话时总一副羞答答的模样,班上的男生都爱这样逗他。

起初郝强非常反感,觉得大家在歧视他,嘲笑他不是"男子汉"。他还向我告状,要求我这个班长兼同桌能够为他主持公道,帮他恢复名声。我笑着对他说:"你一整天就喜欢'萌萌哒',现在大家帮你达成心愿有什么不好?""萌就是萌,干吗还要加个'妹子'?这不是歧视是什么?"郝强气呼呼地嚷。

我看他一眼——俊秀的模样,长长的刘海,再加上一脸娇羞的表情,十足是个萌妹子,于是乐着说:"你去找面镜子瞧瞧你此刻的样子,像不像一个正撒娇的妹子?再加上你原本就长得眉清目秀,换作谁都会弄错的……"我一边安慰他,一边打趣着。郝强爱听好话,我一个劲儿强调就是因为他长得太帅才会让人误会,当然,也会让人嫉妒。听完我的一番歪理,郝强总算眉开眼笑。

不过，他还是端着架子，正色道："是呀，本少爷不仅帅，还萌，干吗你们不叫我'萌帅'呢？""大家哪有你这么有才，没想到罢了。""也是，那群'榆木疙瘩'哪想得到这么潮的词。"说着，他得意地扬起头一摇一摆走出教室，只留给我一个"婀娜"的背影。我摇着头自言自语："就这杨柳腰，还敢说自己不是'萌妹子'？"

二

郝强确实有些"女气"，不过，这一点儿都不影响他的好人缘。虽然刚被大家叫"萌妹子"时，他生过气，可后来就自然而然地接受了。我故意损他："怎么，不生气了？"他粲然一笑，大度地说："不过就是一个外号，随便了。我自己知道我是谁。"

我看他挺自信的，继续说："这个表现确实像'男子汉'了，这叫——不拘小节。""知我者，班长也。"说罢，这家伙还朝我飞了个媚眼，惊得我起了一身的鸡皮疙瘩。看我一脸窘迫，郝强倒是哈哈大笑："班长，你怎么这样不坦荡呢？"

郝强和女生的关系特别好，搞不懂那些女生为什么老爱围着郝强，整天叽叽喳喳，欢声笑语，也不知都聊些什么，羡煞了我班一众男生。

尤其是个大大咧咧的男生，他很眼馋，就去和郝强套近乎，问他怎么就那么受女生欢迎。郝强故意捏腔拿调："你们不是叫我'萌妹子'吗？那我就该跟她们一伙呀。""我可没这么叫你。"尤其急着辩解。"你来找我，是想加入我们吗？"尤其挠挠头，不置可否。

郝强仔细打量尤其痘痘密布的脸，观察半晌，突然蹦出一句："尤其，要不你去整容吧！"尤其听完郝强的话，红着脸，气得怒骂："这世上就你'萌妹子'帅，我不稀罕，你留着自己帅去吧，我才不需要整容。"说完，气呼呼地走了。

"跟你开玩笑的，还当真了。回来呀，我告诉你真话，"郝强急忙拉住一脸愤然的尤其，"其实只要你真诚地对待她们，能明白她们说的话，了解她们所想，然后投其所好就成了。女生并没那么麻烦，她们很好相处的，一个个都善解人意。"

"本来就是这样嘛！"尤其还没回话，旁边的几个女生听到郝强的话后就异口同声地应道。尤其看着众女生调侃的表情，顿时面红耳赤，迅速闪人了。

逗趣归逗趣，不过班上的男生还是挺喜欢跟郝强套近乎的，毕竟唯有他了解那些女生的喜好。郝强对班上的同学其实都挺真诚，就像他自己说的："我可是'一片冰心在玉壶'。"他是这样说的，也是这样做的，他是我们班的"开心果"，少了他，我们班就会变得沉闷、不完整。

三

《火蓝刀锋》的热播吸引了我们班的同学，不仅男生热追，女生也喜欢看。她们说相比偶像剧里的俊俏美男，还是更喜欢阳刚味十足的男子汉。

这话传到众男生耳朵里，那效果可是不一般。那段时间，班上的男生们一个个走起路来都昂首挺胸，一副铁汉子的模样。这可苦了郝强。他一直以为只有自己才是女生们的最爱，后来才知道，女同胞们其实是把他当成"好姐妹"相处。

郝强沉默了好长时间，每天像只被霜打过的茄子，萎靡不振。我见他这样，好奇地问他"怎么了"，郝强瞥我一眼，犹豫一阵，才难为情地说："那些女生原来都喜欢阳刚的男子汉，像我这样的，她们该不会喜欢吧？"说着，眼巴巴地望着我，希望听到一个满意的答案。

我看到了他眼中的忧伤，不忍心再伤害他，于是好言安慰："其实也不尽然啦，男子汉的标准并非只有一个，外表不能代表一切，有的外表阳刚，内心却脆弱，有的外表脆弱，内心却坚强，对吧？"

"话是这样说，但让我选择，我还是希望自己阳刚一些。"

"男子汉有各种类型，就像剧中的江小鱼，其实也不高大阳刚，但我觉得他很聪明，特别机灵，讲义气，也是让人欣赏的男子汉。你也一样呀，外表清秀，但内心却很强大，对人真诚友善，你不是男子汉是什么？"我继续开导郝强。

"可是大家都叫我'萌妹子'，虽然只是玩笑话，但我也知道那是因为我不够'阳刚'。"郝强又开始耿耿于怀"萌妹子"这个外号了。

见他这样，我不耐烦地说："你如果总这样抱怨，那确实不像男子汉了。像过去一样，坦然面对，云淡风轻，倒显出一种男子汉的风度。我都说了，一个男生是不是男子汉，外表不能决定。你试想一下，一个高大威猛的男生，乍看外表，确实是男子汉，但如果他自私自利、心胸狭窄、小肚鸡肠、鼠目寸光、胆小如鼠、狐假虎威……你觉得，这种男生就算他再高大，能算男子汉吗？"

郝强睁大眼望着我，一副不可思议的表情，他没想到我会说出一连串的成语，就为了安慰他。"班长，你对我真好。"郝强说着，又习惯性地朝我飞了个媚眼。"别！千万别这样，男子汉应该眼神犀利，可不会抛媚眼。你这个坏习惯一定得改，你就完美了。"

"嗯！"郝强郑重地点头应道。

四

有一天课间休息，我在写作业时，郝强趴过来，凑在我耳边轻声说："班长，你觉得我以后去当兵，怎么样？""好呀，当兵可以锻炼自己。"我随口敷衍。

"你觉得我是去当兵好呢，还是考军校好？"郝强一副左右为难的样子。

"你想得也太远了吧？其实去当兵了，也可以在部队直接考军校呀，考上军校的学生，本身就是军人了，路径不同，其实结果都是一样的。怎么？你想成为军人？"我停下笔，好奇地问他。我记得他原来的梦想是当翻译，为这梦想，他放弃了舞蹈梦，一直苦学英语，就连看美剧也坚持要看英文原版的，说这样最能提高英文水平。

郝强是那种有梦就会努力追的人。他小时候看电视，看到舞蹈家杨丽萍的《雀之灵》时为之陶醉，他深深地迷恋上那妖娆的舞姿，后来他就开始在少年宫学跳舞。那时年纪小，但郝强肯吃苦，那些女生都做不好的动作，他硬是靠着勤练和悟性完美呈现。他11岁那年就拿过全省少儿舞蹈大赛的金奖。

郝强的家人原以为他以后就会朝着舞蹈家这条路努力，没想到，郝强后来萌生出当翻译的梦想。郝强梦想的萌生都是有榜样的，他希望他能够像他家一个亲戚那样，成为翻译家，经常在国内外飞来飞去，就像空中飞人，让他十分羡慕。

"我记得你原来的梦想是当翻译家，怎么，现在改变了？"我好奇地问他。

"是呀，我现在最大的梦想就是将来成为一名军人，最好是军官啦。像《火蓝刀锋》里的那些军人一样，又帅又阳刚。"郝强说。

"目的性很明确哟，不过，你也知道，当军人可是得吃很多苦的，队列、练兵、集训……不吃苦成不了真正的男子汉。"我吓唬他。

"我知道呀，电视里都演过，我才不怕吃苦。我很早就明白，无论是什么梦想，如果要想实现，都得吃很多苦，因为梦想是不会轻轻松松就实现的，对吧？"

"是这样，那你加油吧，男子汉从来都是愿意为自己的梦想赴汤蹈火的，我看好你哟！虽然你现在还只是'萌妹子'，未来的一天，你就有可能成为一名阳刚味十足的军人了。"

"班长，你最懂我！"郝强说着，眼波流转，他又准备飞媚眼时，我急忙叫住："收——男子汉不飞媚眼。"说着，我哈哈大笑起来，郝强也跟着乐。他那可爱娇羞的模样，确实得到部队练练，要不怎么成为真正的男子汉呢？

我们都是弦上待发的箭

冠一豸

一

升上九年级,我明显感觉到教室里的氛围和过去不一样了。

先是老师,一开学就连开了两堂毕业班的动员班会,让我们自己设定目标,畅想未来。还别说,这个方法挺奏效,特别是像我这样的中等生,如果抓紧最后一年的时间,加把劲考上一中也不是什么神话。

接着是校长,他在大会上的演讲《不读书,换来的就是一生的卑微和坎坷》很有煽动性。校长不仅慷慨陈词,还配合放映机展示了很多对比强烈的图片,告诉我们现在如果好好读书,将来的人生就可以自己驾驭,会有更多的选择,而现在不好好读书,情况会完全相反。

谁会希望自己的人生只能在卑微中度过呢?坐我旁边的程君喃喃自语:"还好,还有一年的时间,我明白得还不算太迟。"我转头看他时,发现他眼眶濡湿。

程君是我们班最调皮捣蛋的学生,成绩差不说,还总惹老师生气。他就像校长说的那样,常常嘲笑认真读书的好学生,说他们"傻",不懂享受青春的美妙。他和他的一群兄弟整天疯狂地玩乐、打架，无所事事地聚在一起。他曾得意地说："青春不就该疯狂地玩乐吗？不叛逆、不疯狂也配叫年轻人？"

校长却说："做任何事情都会有代价的，如果过早预支了自己的快乐，短短几年的放纵，换来的可能就是一生的卑微和坎坷……"

我看着身边的程君，他的脸颊已经有了两条泪痕。我的心也被校长的演讲震慑了。

二

我的成绩中等，以前觉得读书累，每天得过且过。校长的演讲让我豁然顿悟：我的人生是我自己在走，将来的生活也是由我自己决定，我怎么能够让自己的人生变得那么悲惨呢？不，这万万不行。我一定要在年轻时为自己做点儿什么，将来才不会后悔。

程君要求和我同桌时，我愣了。虽然以前我们常在一块儿玩，但我希望和一个成绩好的同学坐一起，这样对方可以帮我。但对于程君的请求，我又不好意思拒绝，毕竟他曾帮过我。

"我们都是'垃圾学生'，好学生不会接受你，你就和我同桌吧，我很聪明的，以前主要是不认真，以后你帮我，我们共同进步……"程君说。他的话让我面红耳赤，我还觉得自己不错，努努力就会有机会，没想到在他眼中，我和他居然一样都是"垃圾"。程君还说，他要改变自己，同时一起改变我。

程君说话历来有大哥风范，我只能委屈地跟他同桌了。我不敢想象，跟他这样的人同桌，未来还有什么指望？犹豫再三，我勇敢地和程君约法三章。我希望他能做到，要不，我会要求换位置，没想到他一口应允。

"校长的话很有道理，如果我再继续游戏人生、挥霍青春，我都能预见自己卑微的未来。我不想要那样的人生，所以我们得改，趁还年轻努力一把，或许未来会变得好一些。"程君说。他的表情很严肃，眼中流露出坚定的目光，锥子般，让我的心也跟着踏实起来。

三

"程君，南门头有人在打架，你去不去？"一天自习，在我们正写作业时，浩子跑来叫他。

浩子比我们低一届，是个不爱读书，喜欢玩乐、打架的"坏孩子"。我担心程君会丢下作业随他而去，没想到程君却说："浩子，现在我去不了，作业要紧。对了，放学后你召集一下兄弟们，我有话说。"

看着浩子离开的背影，我凑过去问："程君，我们的约法三章你还记得吧？不能违约哟！"

程君笑说："记得！"

"记得就好，放学后，我要跟你一起。"我把自己的态度摆出来。如果他拒绝，我就不再跟他同桌。

放学后，我们直奔附近的公园，那里是程君的"根据地"。在大榕树下，浩子和一群男孩等在那儿，看见我们出现，蜂拥过来，你一言我一语地讲述上午南门头那惨烈的打架场面。

看着这群十三四岁、朝气蓬勃的年轻面孔，我仿佛看见过去的自己。浩子一脸不高兴，嘟囔着程君上午不去打架，错过了一场好戏。程君拍拍浩子的肩膀说："你没事吧，没受伤吧？"程君的神情变得和过去一样，我突然就担心起来，他会因为舍不得这群兄弟，重新过起他以往的生活吗？

正担心时，程君却说："我上初三了，学习紧张，我们散了？"

"君哥，你上哪门子学？学习有什么用？你看我父母，大字不识几个，照样挣大钱。"浩子马上反驳。

程君说："对，浩子，你的父母值得你骄傲，他们确实很会挣钱，可是你没看见他们有多辛苦吗？你父母当年有读到书的那些同学……"

程君侃侃而谈，把校长大会上的演讲搬了过来，讲得生动感人，最后他说："我希望我们都有好的未来，所以我们得趁现在好好努力一把，青春很短暂，我们都是弦上待发的箭，一离开青春这条弦，未来就由不得我们了……你们希望自己以后的人生是场悲剧吗？"

大家听完程君的话后都沉默了，这些过去他们从没有想过的问题，突然被摆在面前时，大家都明白了。"少壮不努力，老大徒伤悲"不就是这个道理？

四

程君变了。他剪去长发，脖子上不再戴不伦不类的链子，不再穿奇装异服。

换上校服的程君让我眼前一亮。"君哥，你原来也长着一副好学生的模样呀！"我逗他。

"哥本来也是好学生一枚。"程君眸光闪烁，充满了自信。

我们互相督促，严格执行共同制订的学习计划。刚开始时，程君由于基础差，学得很吃力，而我却因为要给他讲解，不得不更认真地前后贯通，把问题完全弄懂，要不根本没法给他讲解。程君基础虽差，但脑瓜子聪明，他一点即通，还能举一反三。

当我穷于应付时，我就去找尖子生，让他们给我们讲解。那些尖子生刚开始很抗拒，觉得给我们俩讲题是对牛弹琴，浪费他们的时间。一个女生还说："别拖我下水，我的未来你们负担不起。""我们也要好未来，请允许我们追上你们呀，别放弃我们好吗？"程君说。

尖子生都怕程君，怕他使坏，又见我们态度诚恳，就很耐心地教我们。他们要求我们背的内容，我们一个字都不敢遗漏，要做的题，再累也得完成。他们是"学霸"，他们在学习上有丰富的经验，有科学的方法，他们说的，我们都竭尽全力做好。

中考虽然还没有到，但我们已经在努力做准备了。我们都是弦上待发的箭，我们现在能做的事就是用功，再用功，发挥最大的潜能，在这青春季节里努力做一个积极向上的人。

未来会怎么样，我们不知道，但如果我们现在不努力，将来一定会后悔。无论如何，我们都要拼一把，为未来的美好增加一点儿胜算。至少，我们要养成积极的态度，做个努力的人。

如果梦想有捷径，那一定叫坚持

罗光太

14岁那年，在一堂关于理想的主题班会上，我郑重地向全班同学宣布，我长大后要成为一名作家。话音刚落，教室里突然就爆发出一阵哄笑声。

"书都读得一般，还想成为作家？痴人说梦吧！"

"作家？哈哈哈，天天坐在家里吧！"

"别傻了，你以为谁都能够成为作家吗？"

一半的同学嘲笑我，另一半的同学已经笑瘫在凳子上。

我羞愧得无地自容，脸涨得通红，连耳根都红了，泪水不知什么时候已经噙在眼眶。在这群喧闹的人面前，我深深地低下头，就像自己做了错事，只能任人嘲讽。

"可笑吗？每一个人的理想都值得尊重。"

老师即时制止了这场闹剧，但我被伤害的心依旧隐隐作痛。他们都把这堂关于理想的主题班会当成一次玩笑，但玩笑过后，我却开始认真而严肃地考虑自己的理想了。其实最初，我也只是随口说说，我的作文还不错，我觉得自己最有可能成为的"家"就只有"作家"了。他们说什么科学家、画家、音乐家都没人嘲笑，凭什么我说"作家"就得被嘲笑？

那天晚上，我一直回想着同学们的冷嘲热讽，回想着他们不屑的眼神、嬉笑的面孔，更坚定地对自己说："既然话都说出口了，就得朝着自己的目标努力。只要我一直努力下去，说不定哪天，我就梦想成真了。"

我也想明白了，他们之所以嘲笑我，是因为我的成绩一般，如果我是个优秀的学生，他们还会这样当众嘲笑我的理想吗？"谁都可以有梦想，只要自己足够坚持"，我在日记本上写下了这句话勉励自己。

我开始经常往图书馆跑，如饥似渴地大量阅读各类书和文学杂志。我不再一放学就跑到街上疯玩，我决定先把自己的成绩提高，只有这样，别人才不会轻视我的理想。我还给自己制订了一张学习计划表，都说不打无准备之战，我也得好好计划自己的目标，通过努力一步步靠近、实现我的理想。

我的改变引起了妈妈的注意，她说她觉得我像是突然变了一个人。我微笑着看她，心想：有理想的人，就得有努力的样子，理想从来不会无缘无故就实现。我把自己的秘密悄悄告诉她，她听完后，一脸欣喜地对我说："这很棒呀！儿子，我支持你，而你一定一定要坚持，不要被别人的嘲笑影响……"

妈妈絮絮叨叨地说了很多。如果在以前，我肯定就烦了，但在那个时刻，我觉得妈妈的话都是对的，她和我的老师一样，都是有眼光的人。

老师的肯定，妈妈的支持，让我再也无畏别人的嘲笑。他们自己不想去努力，不敢有梦想，凭什么我要像他们一样呢？我偏偏要坚持，朝自己的目标前进。

我不仅看了很多书，还开始写日记。学校的课堂上，我总是聚精会神地听老师讲课，作业也认真做。我知道我是个资质平庸的人，智商不高，没有什么天赋，我唯一能够做的事就是——坚持努力。我也会有想偷懒的时候，但从不曾想过放弃。

中学毕业后，我去读了技校。我觉得我得先学会一门手艺，找到一份工作，只有这样我才能养活自己、贴补家用。梦想很美，但总得在填饱肚子的情况下，我才能有力气继续朝着自己的目标前进。

在技校学习的三年，我看了很多书，也写了很多文章。只是那个时候，内心依旧有些不自信，我不知道自己写出来的文章是不是能够得到别人的欣赏。我后来没再告诉过别人，我的理想是成为一名作家。我不想被别人的话影响，不想被别人用鄙视的眼神扼杀我的梦想。我的朋友很少，在别人眼中，我一直就是个怪人。如果必须在梦想和朋友中选择一个，我会毫不犹豫选择坚持自己的梦想。在追梦的路上，孤单是常态，不被理解很正常。

值得庆幸的是，我有一个支持我的妈妈。她没读过多少书，但当看见我在看书或在写文章时，她总是一脸欣慰的表情，这于我是莫大的鼓励。鼓励有时并不需要语言，一个眼神、一个表情就足以让我浑身充满追逐梦想的力量。

出来工作后，除了正常的社交外，我一般不出门，宁愿躲在房间看书、写文章。那时候，父母都在老家，只有我孤身在城市打拼。上班很辛苦，但我依旧对生活充满热忱，作家梦一直支撑着我。我觉得我是个不一样的人，我有理想，我在努力，我的人生不会在浑浑噩噩中度过。想到这些，我就会为自己感到自豪。人越长大，梦想越小，甚至在忙碌的生活中，遗忘了自己最初的梦。

我始终觉得，一个人活着，并不是为了生存，而是为了兑现自己年少时的誓言，为了追逐可能很遥远的梦想。我学会了上网，学会了在电脑上写文章，我还开始给杂志社投稿。

我的一篇文章通过了杂志社的审核，最后登在了刊物上。第一次收到样刊和稿费时，我欣喜若狂，热泪盈眶。我第一个打电话给妈妈，告诉她这一喜讯。我知道妈妈在电话那头也哭了，她哽咽地对我说："我就相信我儿子一定行！"

发表第一篇文章时，距离14岁的那堂"我的理想"主题班会已经过去了十几年时间。这十几年来，我虽然不够勤快，但我一直在坚持看书、练笔。没有什么天赋的我，通过多年的坚持，终是迎来了自己的收获季节。

我先后加入了市作协、省作协，文章被越来越多的杂志选用，几篇小文章还有幸被选为中、高考的阅读题，我已经出版了两本作品集，还有众多的文章入选各类丛书。

  生活的琐碎并没有影响我追逐梦想的脚步。我觉得我的人生是丰富的，我有工作，有正常的收入，还因为写作，挣到了一笔笔的稿费，虽然不多，但足以补贴家用，让自己的日子过得更好。

  有人问我是否有通往梦想的捷径？我的回答是：如果梦想有捷径，那一定叫坚持。这是很多年前，我的老师告诉我的。

黄乐乐的"武侠小江湖"

阿杜

一

黄乐乐是在五年级的暑假偶然看了《射雕英雄传》才迷上武侠的。那是他爸妈收藏的书。原本老师要求他看《爱的教育》,但打开爸爸的书柜后,他的目光即刻就被《射雕英雄传》吸引了。

黄乐乐小心翼翼地抽出上卷,随意翻了翻,这一翻,他就爱不释手了。平日里,妈妈只让他看作文选和童话书。

黄乐乐迫不及待地翻开书,津津有味地看起来。他沉浸在神奇的武侠故事中,他的心被少年郭靖离奇的经历吸引住了。"江南七怪""全真七子""九阴白骨爪"……精彩的故事情节跌宕起伏,黄乐乐忘记了时间。

黄乐乐的爸爸工作忙,平时都是妈妈照顾他。黄妈妈下班回来,家里黑灯瞎火的,她叫了好几声,正投入于武侠世界中的黄乐乐充耳不闻。妈妈急了,一进客厅就赶紧开灯找儿子,灯光亮起,惊醒了正沉浸在书中的黄乐乐。

"妈——你回来啦！我在书房。"黄乐乐喊了一声。

"你在书房干吗？天黑了都不知道开灯。"黄妈妈听到儿子的声音后，提起的心放下了。

黄乐乐不想被妈妈知道他在看武侠书，于是把手中的书偷偷放了回去，抽出《爱的教育》。

"看什么书呀，这么着迷？"黄妈妈进了书房。

黄乐乐扬起书的封面，大声说："老师要求看的。"

二

晚上睡觉，黄乐乐早早上床。他对妈妈说要看《爱的教育》，妈妈应允。

黄乐乐反锁了房门，拿出早准备好的武侠书，靠在床头，看得聚精会神。妈妈催了几次，黄乐乐依旧没睡意，武侠故事太精彩了，他的心一直被郭靖的命运牵扯着，一直想知道后边究竟又发生了什么事，根本舍不得放下书。

不知什么时候，他睡着了，手里还抱着《射雕英雄传》。他可能是梦见了什么吧，嘴里一直念念有词："郭靖，我的好安答……"突然间，他又叫了声："郭靖，郭靖快跑，梅超风来了。啊！九阴白骨爪……"

整个夜里，黄乐乐梦话连连。他真的梦见自己也置身在那个神奇的武侠世界，他是郭靖的好朋友，与他一起闯江湖。

"乐乐，起床啦！"妈妈去上班时，敲了儿子的房门。

黄乐乐睁开惺忪的睡眼，伸展懒腰时，一本书从身上滑落下来。哦！我的武侠书。他的睡意即刻散了，又抓紧时间看了一会儿。

妈妈再次敲门后，他才不紧不慢地走出来。

"眼睛都红了，你没睡好吗？"黄妈妈关心地询问儿子。

"没事，一会儿就好了，大不了中午补一觉。"黄乐乐说，然后支走妈妈。

草草吃过早餐，黄乐乐又捧起武侠书，他的心还悬在郭靖身上。

三

黄乐乐没日没夜地看，终于把厚厚的三本书看完了。

他的眼睛红红的，一脸倦意。黄妈妈只当儿子看书太用功，劝他说，书要慢慢看。黄乐乐不解释，心里却在想妈妈真傻。

看过了郭靖的武侠故事后，黄乐乐还在一次次回味着故事中那扣人心弦的情节，并开始憧憬起自己的武侠小江湖。他在小区的公园里热情吆喝，招揽来一群五六岁的小孩，并带着他们，按照故事里的人物分配角色。他亲自扮演郭大侠，让那些孩子当欧阳锋、杨康……一群人玩得不亦乐乎。

扮演欧阳锋的孩子玩了一会儿后，累了，不想再趴在地上学"蛤蟆功"。黄乐乐恼怒地说："再不听话，我用'降龙十八掌'对付你。"说着，他一掌打在孩子身上。小孩"哇"的一声大哭起来。"哭？哭有用吗？只有勤学武功才行。"黄乐乐鄙夷地瞪着哭泣的小孩。

见小孩依旧抽抽噎噎，黄乐乐灵机一动，说："不哭，把眼泪擦干，由你来当东邪黄药师吧，他武功最高了，行不行？"

小孩被黄乐乐哄得破涕为笑，一群人又开始追逐打闹。

黄乐乐不知从哪找来一根枯树枝，他挥舞着大叫："梅超风，看我的'打狗棍'！"然后树枝打在一个小女孩的身上。正在此时，不远处小女孩的奶奶看见了，她锐声尖叫："小孩，你怎么打我孙女呀？"然后迅速跑了过来，要把小女孩带走。

"女侠，且慢——"黄乐乐一声大喝。

小女孩看着黄乐乐古怪的表情乐不可支，她不想离开。

"走走走，赶紧走。你这小孩，没毛病吧？"老人说完生拉硬扯地把小女孩拖走了。

其他的小孩一哄而散，只剩下闷闷不乐的黄乐乐，他恼怒地说："真没劲！都是一群俗人，根本不知道武侠世界的美好。"

郁闷归郁闷，但没人陪着玩了，黄乐乐也只好悻悻地回家。

四

黄乐乐家门前有片小树林，碗口粗的树郁郁葱葱。

有一天，黄乐乐在树林里瞎逛时，突然想到，要想行走江湖，就得先练成一身好功夫。书里的小郭靖可是在大漠练了十多年武功后才回中原走江湖的。思忖着，黄乐乐眉开眼笑，他终于想到了一个好主意。

黄乐乐跑回家，翻箱倒柜终于找出一条搁置已久的旧棉裤，然后用布带把棉裤绑在一棵树干上，他准备勤加练习他的"降龙十八掌"。一掌下去，用力过猛，掌心一阵疼。黄乐乐咬咬牙，又用力往绑好的棉裤上再击出一掌，同时自带配音，喊："呵，呵呵。"没想到在他踢出腿时，整个人却被树干反弹在地。

手掌磨出血痕，屁股也疼，黄乐乐坐在地上痛得皱眉。不能哭，大侠是不能流泪的。黄乐乐忍受着，欲哭无泪。他艰难地爬起来，却没敢再出脚了。

黄乐乐拍去身上的尘土，揉着摔疼的屁股，懊恼地看着眼前的树干。好痛呀！但哪个大侠是随随便便就当上大侠的？郭靖吃了多少苦才练成绝世武功……脑海中又浮现出郭靖在大漠里勤学武功的场景，于是，他摆好架势，咬着牙，忍着痛，又开始往树干上击掌。

"儿子，你疯了吗？在干吗？"

在黄乐乐累得满头大汗时，远远地传来一声尖叫。

不用回头，黄乐乐就知道是妈妈回来了，只有她喜欢大呼小叫，爸爸从来就不会这样。

"儿子，你干吗打树？有仇呀？"妈妈大步流星地跑了过来，一把拉住黄乐乐。

"我在练功，老妈。"黄乐乐懒洋洋地说。他实在不愿意和妈妈解释，他的武侠江湖哪是妈妈能够理解和向往的？爸爸才会懂。

"练功？"妈妈抓起黄乐乐已经红肿的手掌，心痛地说，"呀，你的手肿了。你什么毛病呀？练功？你练什么功呀？摧残自己，破坏小树。"

在妈妈的训斥下，黄乐乐灰溜溜地被押回了家。

五

"儿子，你是不是被同学欺负了？"妈妈在帮黄乐乐涂消肿药水时问。

"没有。我说了你也不会理解。"黄乐乐没兴致和妈妈说武侠世界。在他眼中，妈妈就是婆婆妈妈的一个人，喜欢大呼小叫，丁点儿大的小事也唠叨不停。

"你说你在练功，练什么功呢，需要打树干？"妈妈继续盘问。

黄乐乐知道，以妈妈的性格，她不问个水落石出肯定不会罢休，为了耳根清净，只好如实说了。

"你喜欢上了武侠世界？想练功行走江湖？"妈妈一脸莫测的表情。

黄乐乐点点头。

"你身上还有武侠精神呀？儿子！"妈妈突然激动起来。

不过妈妈的态度让黄乐乐摸不着头脑，难道老妈会支持他？在黄乐乐思绪起伏时，妈妈又说了："这点遗传我哟，我年少时，也有一个武侠梦。"

"你——不是爸爸吗？"黄乐乐的脸上写满疑问。

"你爸喜欢，我也喜欢呀！我又不是生来就这么老的，我说了，是我年少时，那时《射雕英雄传》多火呀？多少女孩希望自己像黄蓉一样……"妈妈絮絮叨叨。

黄乐乐听老妈讲起往事，愣住了。

在黄乐乐愣神时，妈妈又说："其实人生就是一个江湖，你现在学习就和武侠世界里的人学武功是一样的，他们勤学武功是为了日后行走江湖，而你现在好好学习也是为了以后在社会上闯荡。没有一身好本事，处处都要碰壁……年代不一样了，要求的武功也不同。"

听着妈妈语重心长的话，黄乐乐似乎终于明白了什么叫"江湖"。

一起奔跑的盛夏时光

安一朗

怪僻的施灵光

父母为了我能考上好一点儿的高中,在我初三那年帮我转学到岩城初级中学,那是市里最好的初中。

学校是封闭式管理,所有初三学生都得住校。初来乍到,我有些不习惯。陌生的环境,陌生的人群,平时话不多的我变得更加沉默。

在以前的学校,我的成绩不错,经常得到老师的表扬,同学也喜欢和我相处,我喜欢那样的氛围,有一种存在感。但在这里,一切都改变了。

我的同桌施灵光,我感觉他有点儿怪僻。施灵光总是很兴奋,像打了鸡血,走到哪都喜欢捧着本励志书,开口闭口都是那些励志话,讲得最多的是卡耐基。他说话时目光坚毅,容不得别人反驳半句。无论什么话题,他都能成功地引到成功学上,让人顿失聊兴。

没多长时间,我就看出来了,班上的同学都挺烦施灵光,说他没什么能耐,空知道一堆大道理。同学聊天,只要他走过去,一群人即刻散开,谁也不想听他唠叨。

　　同住一间宿舍的同学，想走都走不了。刚开始，大家是硬着头皮听他噼里啪啦地"演讲"，后来听腻了，烦透了，舍长在大家的建议下，在宿舍定下了一条"熄灯后，谁也不许讲话"的规矩。其实大家也喜欢开"卧谈会"，在紧张的学习之余放松一下神经，但又受不了才开腔，整个晚上的主题就变成了施灵光个人的励志演讲。

　　"刚开始，听他说那些励志故事还挺带劲的，后来听多了，就特烦……"一个舍友偷偷告诉我。他还说，他们集体对抗施灵光，在他说话时充耳不闻。

　　我确实看见他们对施灵光不理不睬，但施灵光毫不在意，他喜欢凑热闹，一说起话来就兴致盎然、神采奕奕。施灵光在大家眼中有点儿"二"，只是他自己没察觉而已。

他活得像本励志书

　　刚开始的几次考试，我都考砸了。其实我很想考好，也认真努力了，可能是太迫切吧，偏偏事与愿违。面对不理想的分数，我难过得头都抬不起来。

　　"老师还说他之前的成绩有多好，我看也不怎么样，毕竟是普通中学，哪能与我们重点学校相比？最好不要拖了咱班的后腿。"后桌的"小辣椒"说话直截了当，一点儿也不在乎她的话会不会刺伤我的心。

　　大部分同学都当我不存在，他们只顾他们的成绩高低，我的难过他们视而不见。施灵光的成绩也一般，但他没有难过，而是很励志地给自己鼓劲。课间休息，他见我一直坐在位置上发愣，就拖我到走廊上开导我。

　　原先我也刻意避开施灵光，至少是和他保持一定的距离。我不喜欢话痨一样的人，但在自己最失落的时候，还有人愿意陪我说话，给我鼓劲，我心里很感激。在以分数定输赢的重点中学里，同学间的关系颇为微妙，似乎只有施灵光让我没有疏离感。他的真诚我能感知，他口若悬河的励志话语我也能听懂，那些压抑在心里的苦恼一扫而空。

但在我心里一直有个疑问，活得像本励志书的施灵光，怎么成绩也不见得特别好？他的成绩也就中下游水平，这也是他给别人讲励志道理而遭人嫌的原因，如果换个优等生讲出这些励志故事，可能效果大不一样吧？

虽有疑惑，但面对热情的施灵光，我还是渐渐融入了他的生活。我俩同桌，又住一间宿舍，想不形影不离都难。久了，确实也感觉到他出口成章的都是励志书上别人说过的话。他滔滔不绝地与人分享时，常被人白一眼，然后丢下一句："励志大师就考那么点儿分，是我都无地自容了，你还好意思给人'上课'？"

施灵光听后，愣了一下，随即就释然了。我很奇怪他的内心怎么会有这么强的承受能力？他不难过吗？如果是我，被人这么说一次后，可能一辈子都不会再讲什么励志道理了。我都替他难过，于是想劝劝他，毕竟活成一本励志书很累。

在施灵光的想象里，人要保持激情，不能难过，不能颓废，不能放弃，不能沮丧，不能……他知道太多太多励志人不能有的情绪，可是正常人哪能没有喜怒哀乐呢？那些怒和哀如果没有宣泄的出口，郁积在心里，会不会积郁成疾？

我正想开口时，抬起头，又见到施灵光神采飞扬的表情，那些话硬生生被我咽回肚里。"小宇，任何困境都只是为了磨砺人生，是为了让我们变得更优秀而设的。回头我到图书馆帮你找本励志书好好看看，你一定会有收获。"施灵光见我没说话，以为我还沉浸在考试失利的坏情绪里，他目光坚定地给我鼓劲。他还介绍了几部对他来说很励志的电影给我看，说我看过后内心的正能量一定可以飙升。

我用微笑回报他的热情。为了不辜负他的期望，周末时，我不仅看了他帮我借的励志书籍，也看了他介绍的励志电影，不可否认，那一刻，我茫然的内心重新燃起了希望的火焰，浑身充满斗志。

我感觉自己也像施灵光一样打了鸡血，亢奋不已，对什么事都充满了热情，那些颓丧的念头通通被我扫出脑海。

励志是一种精神

与施灵光渐渐熟悉后,我也开始不在乎别人看我的眼光。我重新规划了自己的学习内容,调整了生活习惯,改变过去懒散的毛病,打开心胸真诚待人,过得积极乐观。在自己的努力下,我的成绩渐渐有了起色。我知道,这都是施灵光的功劳。

可是,施灵光的成绩一如从前。他依旧喜欢看励志书、励志电影,开口闭口都是"卡耐基说",仿佛这世上根本不存在任何困难,或是任何困难都只是过程,一切都会好的。他的自信还是爆满,每天都在喊叫着"我一定行"。

"小宇,你还是少和施灵光一起,要不哪天你也不正常了。"后桌的"小辣椒"推心置腹地对我说。与她熟悉后,倒也觉得说话直接的她其实是个率真的人。

"不会吧,哪有这么严重?他励志是好事呀!"我替施灵光争辩。

"他那叫励志?他叫有病才差不多,整天牛气哄哄,满嘴大道理,以前还说过要复制别人的成功,可是都初三了,励志了那么久,一点儿成效都没有,再继续这样下去,连普通高中都考不上的话,励志给谁看?中考看分数,励志在行动,需要每时每刻都挂在嘴上吗?十足的叶公,只会嘴上说,他的行动呢……""小辣椒"絮絮叨叨,口才一点儿也不输施灵光,不过,仔细想想,她的话确实有几分道理。

施灵光看了一本又一本的励志书籍,一部又一部的励志电影,那些主人公他个个都喜欢,他们说过的话,他都牢记在心,可是,他复习功课的时间呢?施灵光的脑子不笨,而且应该说他的记忆力非常好,很多几年前看过的励志故事,他依旧烂熟于心……我突然感觉,作为朋友,我是应该和他好好谈谈了。

励志没有错,那些励志故事中传递的正能量更没有错,可是励志不能复制,励志也不需要"叶公好龙"般表现在形式上,天天挂在嘴边。励志应该是一种精神,我们需要学习的是别人的励志精神,然后用一颗充满激情的心、用行动力来展现。

我思忖良久,考虑着要如何劝导他。施灵光有自己的骄傲,我绝对不能伤了他的自尊心。怎么劝他好呢?我徘徊在校园的操场边,左右为难。我并不擅长劝导别人,与施灵光的能言善辩相比,我简直就是个"闷葫芦"。但朋友一场,我不能看他一错再错,一直这样下去。离中考只剩几个月时间了,我们都浪费不起,我一定要唤醒沉溺于励志误区的他。

一起励志的盛夏时光

晚自习结束后,我把还在看励志书的施灵光叫到了操场。如水的月光下,操场上异常安静,只有摇曳的树影和风吹过树叶的沙沙声。

"小宇,怎么了?今晚这么有兴致?不看书啦?"施灵光先开口。

我还在犹豫,想着要如何说。

"有什么事情让你为难了?说出来,作为好朋友,我一定会尽力帮你。"施灵光说。

见他已经这样说了,我就接过话茬,说:"我们是好朋友,对吗?有件事我确实想对你说。"

"什么事?说出来我听听。"他见我态度严肃,也正经起来。

"离中考只剩几个月时间了,我们一起努力,可以吗?先放下你的励志书、励志电影,毕竟中考不考那些。励志,我们要学习的是别人努力拼搏的精神,而不是去复制……"我滔滔不绝地说了很久,连一向口齿伶俐的施灵光都没插上话。

把憋在心里的话一口气说出来,我顿感释然。

"励志不好吗?你不是已经进步了。"他转过脸,背对我。

施灵光生气了,但我还是对他说:"励志很好,我确实是看了那些励志故事重新树立信心,找到自己的目标。但励志不能止于表面,要用行动去实施。我们要学的是别人努力的精神,要有行动呀!我们就是要认真学习,刻苦努力,而不是沉浸在别人的励志故事中感动了又感动,却没有任何行动……"我不知道我那天夜里居然那么能说,或许是我很珍惜我和施灵光之间的友谊吧,我希望他能用行动来面对现实,而不只是感动。

施灵光沉默了很久,或许从来没有人告诉过他这些吧,一时有点儿接受不了。我陪着他一起沉默,好一会儿后,我才说:"我们一起用行动来兑现那些励志精神吧,我相信我们一定行的,毕竟还有几个月时间,我们互相帮助,一起进步。"

"我之前都错了吗?"施灵光喃喃自语。

"没错,只是差了一个行动力而已。付诸行动,一切就对了。"我笑着说,然后用力拍拍他的肩膀,很开心他能接受我的建议。

那天晚上,施灵光的床铺一直在动,或许他是辗转反侧,在考虑我的话吧。不过,第二天天亮后,他早早就把我叫起来了,我们一起到操场晨跑,然后互背英文。

那之后的每一天,我们都紧张而有条不紊地学习,查缺补漏,把错题都重新更正了一遍。中考前那段兵荒马乱的复习时间,我们过得很充实,也学得很扎实。很辛苦,却也快乐着,毕竟有个好朋友陪着自己,彼此都不再孤单。

天道酬勤。有目标,有行动,付出了总有收获。中考时,我和施灵光都发挥不错,一起考进了市里最好的高中,这是我们最开心的事。

那些我们一起励志的盛夏时光,将会是我们生命中最难忘的一段记忆。

少年在路上

安宁

一

这是我跟着爸妈第三次搬家了。尽管为了我的学习，每次搬家，并不会离得学校太远，但我的心里还是会觉得空茫。这种感觉，就像一株植物被强行拔下，尽管那根部依然是带着泥土，可对命运的无法把握，还是让整个的枝与叶在太阳的暴晒下瞬间便失去了先前的光彩。

所以，当我在推门的瞬间，与合租的陈子恢一家人撞了个满怀的时候，我即刻将内心所有晦暗的尘埃都化作一个白眼弹了出去。他的父母，大约是忙着出门，并没怎么在意；倒是陈子恢，很敏锐地接收到了我这不友善的信号，而且不假思索地迅速回馈给我一个同样刻薄的白眼。我上下打量一番这个瘦高个子的男生，最后视线定格在他胸前的校徽上。实验中学的牌子，在阴黑的楼道口闪烁着逼人的光芒。因为中考发挥失常，而不得不选择一所普通中学的抑郁，在那一刻突然消失得无影无踪。我想，与这样骄傲自负的人做同学，再好的学校，也会即刻变得索然无味了吧。心内有了庆幸，再看他射过来的得意的眼神，望向自己黯淡的校徽，便陡然生出了勇气。但擦肩而过的那个瞬间，想起以后要在一个屋檐下生活，刚刚明亮的一颗心忽然又暗了下去。

　　第二天早起去上学，穿过冷清的菜市场，远远地就看见陈子恢在帮父母搬运货物。我看看表，路口的公交车快要来了，陈子恢却依然不慌不忙地干着，不知为什么，我很想走过去告诉他一声"时间到了"，但瞥见那个冷冰冰的背影，我还是一扭头，快步走开了。

　　车已经启动的时候，陈子恢才疯狂追赶过来，我本想假装没看见他的挥手，但嘴却是不由自主地打开来，朝司机高喊："师傅，停车！"司机惯性似的停下来，扭头看见气喘吁吁的陈子恢，便急了："这车成了你的专车了，每次都停下来等你，实验中学的学生没见过你这么懒的！"陈子恢似乎习惯了司机的喊叫，没有说对不起，亦没有在众人的冷眼里感到难堪，而是径直走到我旁边的空位上坐了下来。他的眼睛依然是直视的，似乎我不过是一团可有可无的空气，不值得也不屑于搭理。

二

　　所以这样几次为他叫停之后，我便自动熄灭了这善良的火焰。哪怕他赶下一辆车铁定会迟到，我也不会这么好心。反正换来的都是一样的淡漠，何必呢？而且我不会为他让座，看见他上来了，立刻把大大的书包放到一旁的椅子上去，直到他问了两遍"有没有人"之后，才懒洋洋地将包拿起。而且将视线别到窗外去，不让他有丝毫说话的余地。

　　陈子恢的学校比我要近两站路，所以每次我放学回到家，看到的一个固定场面必是陈子恢在家帮父母做饭。我放下书包，去洗手，总会习惯性地朝厨房里看看。陈子恢也是，只不过，两个人的眼睛里有不一样的内容。我的，是可以吃到现成饭菜的骄傲；他的，则是对我好吃懒做的不屑。谁都不会开口说好话，但视线在空气中却是剑拔弩张、寒光闪闪。

　　终于有一次，两个人在逼仄的厨房走道里，一个转身撞在一起。我手中的碗啪的一声碎掉,他刚刚熬好的一小盆玉米粥也洒了大半。许久以来郁积的怨恨,此刻终于像那四溅的瓷片迸射出来。我说:"陈子恢,你看我不顺眼你就说啊,何必老朝人翻白眼?"陈子恢也不示弱,挑衅道:"你觉得跟你这样的懒人有话可说吗?"说完了便要收拾东西进房去,我却是不依不饶,站在他家门口继续喋喋不休,一直说到房门打开,四个大人疲惫地走了进来。

不过是两个人故意找茬的一场争吵,却因牵扯到被琐碎生活折磨得气极败坏的父母,迅速便升级为两个家庭的大战。谁家用水多了,谁家不讲卫生了,谁家又吵得孩子没法学习了,平日里被隐藏住的矛盾和烦乱,全在那一刻,像垃圾一样倾泻出来。直至最后,越吵越凶,他的母亲甚至和我的母亲扭打在一起。许多人涌在楼道里看热闹,而我和陈子恢,作为最初的导火线,反而在大人们的打闹里瞬间镇定下来。两个人不约而同地撤出战争,关上房门看书,直到两家的父母吵累了,在夏末的傍晚哼哼唧唧地下楼去,收拾遗忘在月光下的货摊。

三

这一场战争,反而让我和陈子恢之间的敌意像冰雪一样开始慢慢消融。我依然会在上车的时候将背包放在身旁的空位上,只是看见陈子恢飞奔过来时,即刻会拿开。陈子恢依然不说谢谢,但看过来的目光里明显有了善意。有一次,他甚至转头问我:"嗨,你们几点上课?"这句废话的结果是,在剩余的不长的一段时间里,我们接连说了很多废话,关于老师,关于学习,关于学校,但唯独没有谈及彼此的父母和生活,尽管在这方面我们似乎可以有更多的共同话题。

两个人之间的关系真正转变是从一次让座开始的。那天我又习惯性地在陈子恢踏上公交时将座位上的书包拿开来,不想有个男生一屁股坐了过来。我即刻朝他嚷:"同学,懂点儿礼貌好不好,这座不是给你让的耶!"男生并不怵我,反问道:"那你给谁占的?"我想也没想,指一指陈子恢便道:

"当然是给我朋友了!"说完之后,我和陈子恢竟在那男生不怀好意的笑里同时呆愣住了。

公交车行驶到陈子恢的学校门口时,两个人不约而同地说出同一句话来:"该下车了。"说完了彼此相视一笑,陈子恢道声"再见",我冲他点点头,回说"放学见"。片刻后扭头看见陈子恢在敲窗户,而后听见他大声地朝我喊:"顾小南,谢谢你。"我趴在窗户上,看着陈子恢的身影慢慢消失在人群里,那样坚实不惧的脊背,多么像我一直都在努力找寻的另一个自己。

我开始盼着放学,盼着公交车行驶到蓝山路时,站牌下会有自己熟悉的那个身影;盼着有一个人,会穿越重重的人群挤到我的面前,说"嗨,顾小南,我来了";盼着回到家后,大人们还没有回,我便可以赖在厨房里给陈子恢做小工。这是我们两个人的秘密,没有一个老师和同学会知道。他们不明白我为什么突然喜欢起在课上回答问题,为什么一放学便飞奔去坐公交车,为什么素日对人冷淡的我,忽然间便展开了笑颜。

我以为这一切变化,没有人会注意,可当那欣喜的小芽欣欣然探出头时,还是有人一眼便窥到了它。

四

那天妈妈卖菜中途回来取遮阳的帽子,一推门,看见我与陈子恢正坐在书桌旁翻看一本什么书,因为太过认真,竟是连她的两次喊声都没有听见。等到我反应过来,妈妈的脸早已铁青。陈子恢走过去,道声"阿姨好",妈妈不过是从鼻孔里哼出一声来,算是应答。但等到陈子恢关门进了自己的房间,妈妈则把手中的东西嘭的一声摔到桌子上,说:"以后不准你再跟那小子混在一起,交什么朋友不好,偏偏交菜贩子的儿子,你是不是以后还想跟你爹妈一样没出息,去卖菜啊?"

第二天在公交上遇到陈子恢,我看到他的眼睛竟然也是红的。想说些什么话安慰他,却发现言语是如此苍白。彼此沉默了一路,公交车到站的时候，我与陈子恢不约而同地在他起身要走的瞬间脱口说出一声"对不起"。说完了，两个人脸上的表情便犹如风中的百合，在摇曳中现出温柔的底色。

我以为我和陈子恢依然可以这样成为心心相通的朋友，我以为生活至少会在这段铺满金色阳光的路上安静地走上一程，再走上一程。可是它却一个转身，与我们背道而驰。

不过是一个月，妈妈便找了理由，在靠近我们学校的另一个菜市场附近找到了一个一室一厅的小居室。搬家的那天我不知道，我照例与陈子恢去坐公交车，一路上两个人谈了许多，谈起彼此的父母，谈起他们在困顿里曾经怎样努力地攀爬，才不至于让别人看到他们的自卑；亦谈起一年后想要报考的大学，谈起在奋进的过程里曾经有过的惶惑和迷茫。我们毫不疲倦地说啊说，似乎要把此后一年的话，都在这短短的一程里说完、道尽。

依然是我看着陈子恢下了车，混进穿校服的人群里去，看不清晰。而后公交车继续开下去，就像生活的流水，毫无止息地奔向前方。

五

那天放学后，我在校门口看到妈妈，她说："小南，我们又换了房子，以后可以不必再坐公交车，节约下来的时间，你能好好学习了。"我没有吱声，默默跟在她的身后，走回新的家。

一个星期后，我再一次踏上公交车。我以为会在校门口的站牌下或者长长的菜市场里寻到陈子恢的身影，但却只有失望。当我一级级踏上那座生活了一年的老楼，在四层左边的门口停下，而后抬手敲门的时候，出来的却是一张完全陌生的面孔。我这才知道，陈子恢一家在我们搬走后的第二天便被房东撵了出来，因为房东找不到愿意与他们合租的人，而他们自己又没有能力将两室两厅的房子全都租下……

后来的某一天，我在传达室里看到一封写给我的没有署名的信。我微笑着打开来，一行行地读下去，那颗在路上始终找不到方向的心，便如一粒秋日里的微尘，被温情的阳光抚过，便瞬间落定，化为芬芳的泥土。

是的，就像陈子恢说过的那样，我们都是漂泊在路上的孩子，我们需要自己为自己找寻温暖的家园；尽管无法与朋友一路同行，但是知道彼此都在不远的路上，知道只要努力，那终点处会有一样的灯火为我们守候，那么，又何必为了暂时的分离而难过感伤？

那株向泥土里用力扎下去的植物，快要生根了……

嘿！牛先生

安一朗

牛羊开会

牛先生是我的同桌，姓牛，名超，但班上的同学都叫他"超牛"。重点中学里，牛人很多，但能够被一群牛人心服口服地称为"超牛"的人，一定有他的过人之处。学习上就不用说了，中考的全市状元再加上现在的年级名列前茅就足以说明。

单单成绩好，牛超不可能被大家称为"超牛"。能够考上重点高中的都是原先学校里的佼佼者，谁会输给谁？首先我这个同桌一开始就不服气他，但经过后来的事情，我不得不说："牛先生真的超牛！"不过，也因为他声名在外，我不得不被"牵连"进去。

我姓杨，单名一个"卉"。杨卉，多好听的一个名字，硬是被大家说成了"牛羊开会"，搞得跟动物世界似的。为这事，我还和牛超闹别扭了，是我不理睬他。倒是他，性子好，没跟我计较。每天听着同学嬉皮笑脸地叫我们"牛羊开会"，我就生气，好端端的名字放着不叫。不过后来，我倒是喜欢了，因为能够跟牛超一起被人提起，是件挺荣耀的事。

　　牛超个头不高，站在一群雨后春笋般节节拔高的男生当中，他169厘米的身高充其量也就中等偏下。但牛超特别自信，他时常拍着身边一米八几的同学说："兄弟呀，我们都很悲哀，身高不足六尺。"气得那些大高个半天说不出话来，现在有谁用"尺"来说身高的？再说现在的尺和古代的尺一样吗？那全班男生的身高不都是"五尺以上，六尺以下"？班级篮球队队长故意逗牛超说："超牛兄呀，都是五尺男儿，那往后咱班的篮球赛可都交给你了？"那男生知道牛超投篮常常被人"盖了帽"，这是他的痛处，故意哪壶不开提哪壶。牛超哪有不明白的道理，他退了一步，挠挠头说："各尽所能呀，兄弟，不都是为班级争光嘛！"

　　和牛超同桌，经常能听到他和班上的同学唇枪舌剑，他的辩论能力不得不让我佩服，三分智慧，三分坚持，三分狡黠，还有一分胡搅蛮缠，不过最后大家都是皆大欢喜。"一场紧张学习之外的语言游戏，缓解压力的方式，不当真的。"这是牛超的原话。他总会用各种方式放松，让自己随时都能够保持良好的状态。

　　和其他"书呆子"类型的尖子生比起来，牛超无疑是个"活宝"型的尖子生，和他同桌是一种幸运。就像他说的："牛呀，羊呀，聚在一起就是缘分！牛羊开会。"

让你开开眼

　　在初中时，我就喜欢没事写点东西消磨时间，女生嘛，总有许多诗情画意的情怀，付诸文字是最好的处理方式，就像牛超的语言游戏，可以让自己缓解压力。那时候，我还发表了不少文章，再加上成绩不错，心里一直有点儿飘飘然。

　　刚上高中时，我对其貌不扬、个头也不挺拔的牛超并没什么好感，再加上他总是喜欢油嘴滑舌地逗人乐，还总亲密地叫我"杨"，让我觉得他很不"端正"，于是对他总摆出一张臭脸。没想到他成绩那么好，第一次考试就把我给震到了。

可是我心高气傲，觉得他成绩再好，至少在写小说上赢不过我。

那是在我们同桌一个月后的事。那天，杂志社把样刊寄到了学校，面对别人羡慕的眼光，我的虚荣心得到了极大的满足，但态度上还是故作谦虚。牛超当时在写作业，几个女生围着我窃窃私语，我们商量着拿到稿费后要好好出去庆祝一下。我们的聊天影响到了牛超，他转过头来说："杨，发表小说啦？不错嘛，请客得邀请我。"他说得一脸肯定，可我偏偏不买他的账，他的光芒笼罩住了周围的人，特别是我，在他面前都快没自信了。那时候，我一心想在某一方面赢过他。

我的拒绝让他很突然，看着他脸上一闪而过的尴尬表情我窃喜不已，他这么强势的人应该没被人拒绝过吧。后来熟悉了，我把当时的想法告诉他时，他居然没生气，只是一个劲儿地唱："你好毒！你好毒！"现在回想起自己当时的做法，真是汗颜。那次，我对牛超说："有能力自己写稿挣钱去，不要来占我的便宜。"我怂恿牛超，让他也试试写篇小说，还给他我投稿的杂志，因为他为了气我，竟然敢说稿子登上杂志是"小儿科"，在我幼小而得意的心灵里插了把小刀，让我郁闷不已。我原本是想刺激他，没想到，演变成了我们之间的"挑战"，是他挑战我。围观的同学故意大喊"牛羊开战"。牛超借了我的杂志，说了句："给我一个星期的时间，让你开开眼！不然还真以为我不能写。"

牛超一直就是"牛气哄哄"的，我以为他也就是当时在场面上下不了台，随便说说而已，没想到他当真了。在我快把这件事忘记时，他却在事隔几个月之后拿了一本最新的杂志给我，指着目录上面的作者姓名说："看看，我的大名——牛超，没唬你吧！"我凑过头去看，真是他的名字。抬起头狐疑地望着他：真这么牛？我花了将近一年的时间，投稿十几次，费尽心血，好不容易才发表一篇文章的杂志，他第一次投稿就上了？"你原来一直也在写吧？还是那个主编是你家亲戚？"我问他。"真没有，要不是你激我，我还不知道我的文章也能发表呢！感谢你呀，杨。"牛超说，脸上的真诚让我无地自容。虽然我一直与他明争暗斗，他却没往心里去，开口闭口还总是叫我"杨"。

我们之间还有个小秘密，因为看中牛超的文字和编故事的能力，我还开始与他"拼文"。一个故事，我们一人写一半，作者署名：牛羊。还别说，团结就是力量大，我们目前虽然只在课余时间拼过五篇文章，但幸运的是那些文章全变成铅字了。稿费都打到我的卡里，我要交给牛超，但他说，关于钱的事，就由我这个"羊秘书"管着就行了。他说话的派头就像自己是一个大老板，但我内心里却是欣喜若狂。

你有什么不会

牛超被大家称为"超牛"，可不是戏谑之语，他的"牛"，我还得一一道来。

班上有个围棋下得好的男生，曾经自称是"无敌手"，有不少不服气的男生向他挑战，当然均以失败告终，要不，还能称作"无敌手"？最初就连牛超也输了。牛超并没有学过围棋，那只是他观棋后第一次"下水"。可是牛超有股不服输的韧劲，他那天放学后，特意到市图书馆借了几本关于围棋入门、围棋布局方面的书。

几个月的时间里，牛超用心研读，还特意到围棋协会观棋。在"无敌手"又一次挑战高二学长成功归来后，牛超已经在教室摆好棋盘等着他了。"无敌手"不屑于和牛超下棋，说再赢手下败将也没什么意思。围观的男生直起哄，牛超也不脸红，他缠住那男生，说："试试吧，给兄弟一次赢你的机会，为了赢你，我可是准备了几个月的时间。""赢我？就凭几个月的时间？""无敌手"撇撇嘴说，他生气了，毕竟他学了十年的围棋，牛的话实在不把他放在眼里。男生都有旺盛的好胜心，"无敌手"被牛超一激，直接开战，两个人一手执黑子，一手执白子，在小小的棋盘里抢占地盘。"金角银边草肚皮""象眼尖穿忌两行""弃子争先"……斗得热火朝天。可是没过20分钟，在大家都难料结局时，"无敌手"竟主动认输，他不相信地盯着牛超说："怎么可能呢？你的水准一日千里，真是超牛！""我当然很牛，牛超嘛，不过你太轻敌了，还有些心浮气躁，不输才怪。"牛超一点儿也不谦虚。他早就说过,他的字典里没有"谦虚"二字。

篮球场上,本是牛超最汗颜的地方,因个头的缘故,他根本抢不到篮板球。但篮球场是男生挥洒青春汗水、展现风头的最佳场地,多少"校草""班草"为了赢得女生的目光和尖叫声,在场上潇洒灌篮,一连串动作行云流水般一气呵成。灌篮牛超是没戏了,但他开始苦练三分球,不同角度,不同姿势,进球是第一,动作潇洒也不可忽视。

我说他打篮球像是表演,一点儿实用性都没有。牛超不服,还说那是我不懂。然后滔滔不绝地跟我讲 NBA 的比赛,讲飞人乔丹,讲大鲨鱼奥尼尔,还有什么国王呀,坦克呀,听得我云里雾里。"那跟你有什么关系呢?"我冷不丁泼了他一盆冷水。"是跟我没关系,但他们都是我的偶像呀!"牛超郁闷地说。看着他突然皱起的眉头,我笑着说:"伤着你啦?真好,终于伤到你一次了。"牛超瞥了我一眼,噘嘴说:"有病!"

我知道牛超是不会生气的,不过为了惩罚我对他的"人身攻击",牛超有几天一放学就"劫"住我,让我陪他练球,专门帮他守衣服、买水,反正需要打杂的事都由我承包。

傍晚的篮球场上,活跃着一群年轻的身影。小个头的牛超混在其中真的不起眼,不过,他练得很认真,跑过来喝水时,额头布满汗珠子,连头发都湿了。"何苦呢?这又不是你的强项。"我说。"我也没有弱项呀!"他依旧逞强,虽然已经累得直喘粗气。

还真别说,在牛超的勤学苦练下,他的三分球已经有几分准头了。篮球赛时,关键时刻还是他精准的三分投篮帮助我们班拿到年级冠军。

那次冠亚军争夺战,高一十五班一直气势如虹,我们班的篮球队倒显得力不从心,不过,他们也努力死死咬住比分。篮球场四周围满了人,大家喧嚷、呼叫,"加油"声此起彼伏。作为我们班的啦啦队队长,我可是忙得不可开交,心里也在担心着比分。

在比赛的最后五分钟,我们还落后对手 7 分,可是篮球队队长却崴了脚,比赛不得不暂停,换上一直在坐冷板凳的替补队员牛超。刚上场时,牛超一直摸不到篮球,我都替他着急,摸不到球,还谈什么投呢?牛超倒好,一脸平静，个头虽小，却也灵活，出其不意地就把对方的球劫到手，然后传给位置好的主力队员，让他们投篮。当比分追到只差一分时，比赛时间也即将结束，在我们都怀着遗憾的心情准备接受输的事实时，我们突然看见一粒球正以优美的弧线缓缓落入篮筐中，哨声随即响起。"半场投篮呀，神呀！"有同学大叫一声。掌声雷动，牛超一下子被班上的同学团团围住，那些高个子队员还把牛超抱了起来欢呼雀跃。"牛超！你真是牛！"我也跑上前，拉住牛超的手，激动得又蹦又跳。"狗屎运！"十五班的男生不屑地叫。我才不管呢，牛超能进球，帮助我们班赢了这场比赛，我就开心。只有我知道，为了这个三分球，他练习了多久，那些夕阳下他挥洒的汗水终于有了回报。

说牛超"牛"当然还得说到他的"唱功"，他是班上同学中唯一能够把龚琳娜的《忐忑》唱得出神入化的人，特别是那挤眉弄眼、超级夸张的表情，逗得大家笑到肚子疼。最让我痛心疾首的是，他唱张靓颖的《画心》居然比我唱得还好，他不知道，那可是我的"拿手好戏"，害我后来再也不敢说那是我的保留曲目了。

牛超会的东西还很多，他除了各科的知识竞赛得过奖以外，画画呀、写字呀也都得过奖，小提琴是他从幼儿园开始学的，至今也没落下。我只是很好奇，牛超到底有什么不会的呢？我问他这个问题时，他眉头一皱，说："应该没有吧！"看他一脸得意的样子我就来气，就他爱臭美。

好朋友也有分开的一天

同桌一年，我们之间结下了深厚的革命友谊。"革命友谊"这个定义是牛超下的，他向来都把我当成他的"兄弟"。能做他的"兄弟"也是一种福分，毕竟我能参与他的很多事情，分享他的成功和快乐。

可是好朋友也有面临分开的时候。临近期末考时，班上就有同学说起文理分科的事。我肯定学文科，而牛超估计会学理科，想想就有点儿难过。按照往届的惯例，高二不仅要文理分科，所有班级也都会打乱重新排班，我们之间的同桌生涯面临终结。

见我一脸惆怅，牛超逗我："怎么啦？舍不得我呀？嗯，你托腮沉默的样子很优雅哟！像只猫。""去你的，你才像猫。"我不甘示弱，反言相击，然后两个人又舌战一番，结果不分胜负。

想好了，我不惆怅，不就分班嘛，又不是再也见不到他。我想，我们之间的革命友谊应该不会随着分班而结束，牛超不是这种人，我也不是，我们还可以像过去一样一群人开开心心地在一起玩，一起去K歌，一起玩滑板，一起打电动。我们之间还有个秘密行动——拼文，他这个实力派作者我可不会放过。

嘿！牛先生。我决定，如果我们真的不在一起了，我就这样称呼他，这是我的专利。

少年的梦想熠熠生辉

我们都是成长路上的少年，我们都有自己的梦想。可能有些时候，我们还找不到自己的方向，可能我们找到了自己的方向却不知如何努力。还好，这一路上，我们并不孤单，我们有朋友，我们会互相促进，我们都已经知道，对于梦想来说，出发才是最好的开始。

希望被风沙搁浅

阿杜

一

燥热的蝉鸣高一声低一声，夹杂着远处建筑工地轰隆隆的搅拌机的声音，充斥着欧小鸥的耳朵。空气似乎凝固了，连一丝风也没有，窗帘有气无力地耷拉着。

欧小鸥心烦意乱地躺在床上，仰望着头顶的天花板，目光忧伤而茫然。他怎么也想不通，自己居然会以一分之差无缘一中。他是年段尖子生，成绩名列前茅，所有老师都很看好他，就连他自己也是胜券在握。或许是太自满而疏忽大意吧，欧小鸥想，脸上写满了失落和懊悔。

欧小鸥家住在市一中附近。他还上小学时，每天看着戴着校徽的市一中的哥哥姐姐一脸自信地进进出出，就心生羡慕并暗下决心，将来一定要考进这所全市最好的中学。只是在欧小鸥小学毕业那年，市一中不再招初中部学生，改办为完全高级中学。那年的小学毕业生第一次按片区划分就近入读。知道这个消息时，欧小鸥心里有小小的遗憾，不过很快就释怀了，心里再次定下自己的目标。初中三年，欧小鸥一直努力着，自信而从容。晚上看书、写作业累了，他就伫立在窗前，眺望着不远处灯火通明的一中教学大楼，他坚信自己有一天一定可以置身其中。

欧小鸥翻来覆去怎么也无法让自己平静下来，窗外炽热的阳光晃得眼睛生疼，心里仿佛搁了块小石头，让他难受。他跳下床，赤足在房间走过来走过去，嘴里念念有词。他站在窗前，倦倦地望着窗外，繁荣的街市却宛若一片空茫的未来。突然，他伸手狠狠地拉扯自己的头发，身子却不由自主地慢慢地弯下去，趴在窗台。他不敢再看那熟悉的一中教学大楼，那是他的向往，却无法抵达。心在痛，如若虫噬。

二

市二中在城市的最西边。欧小鸥每天早上都要在市一中校门前等公交车。刚开始的几次，他心里慌慌又惶惶的，有一种想要逃离的感觉。特别是上车前遇见以前的老同学，他就尴尬，当他们叫他"老班长"时，他就无地自容，恨不得挖个地洞钻进去。

在二中，欧小鸥一反常态，像换了个人似的，开朗活泼的他变得沉默寡言，与同学也不交往，每天形单影只、来去匆匆。

欧小鸥的反常让韩宝乐很担心，特别是听以前的老同学讲，欧小鸥不仅严严实实地把自己包裹起来，还变得消极、颓废。韩宝乐是欧小鸥在初中时最好的同学，不仅是同桌，还是相声搭档。自从接到录取通知书后，韩宝乐就去找过欧小鸥，但他避而不见。

韩宝乐明白欧小鸥的心情，也了解他不想见面的原因。欧小鸥的成绩一向比自己好，现在自己考上了一中，而他居然以一分之差去二中，他不仅不甘心，还有不服气，见面注定是尴尬，面对劝解或是劝慰只有徒增烦恼。但韩宝乐就是想见欧小鸥一面，他有一肚子话要说。

终于见到欧小鸥时，情况比韩宝乐预料的还坏。欧小鸥不仅不正眼看他，连话也懒得说。"小鸥！"韩宝乐欲言又止，"为什么不理我？""我哪高攀得上？"欧小鸥冷哼一声。"如果是你上了一中，而我去二中，你才觉得是理所当然，你才会开心，对吗？心眼真小，你原来不是这样的人。"韩宝乐说。"是呀，我很虚伪，一切都是装出来的。你现在明白了，满意了吧！"欧小鸥一脸愤世嫉俗的表情，还很不耐烦地下了逐客令，"你走吧，以后不要再来找我，我实在不想看见你。""凭什么这样对我？你心情不好就可以这样吗？"韩宝乐气呼呼地说，但看见欧小鸥伤心的眼神，他又停止了，他没有走，赖在欧小鸥的房间，径自打开电脑。以前，他到欧小鸥家就像在自己家。

韩宝乐打开网页，点开了音乐网站。他们都是《超级女声》的忠实歌迷，最喜欢超女许飞。许飞的歌他们爱听，特别是那首《我最响亮》。当看见许飞在决赛中被淘汰时，他们两个大男孩跟着电视屏幕上许许多多的"飞碟"一起流泪。如水的音乐缓缓流淌着，许飞淳厚、沉稳的嗓音在空气里荡漾开层层涟漪，她那不张扬又不失甜美的音色仿佛一只温柔的手，在不觉中轻抚着，熨平心中的累累伤痕。"灯光和火花一起闪亮，也亮不过我的梦想，我旅途的开场，我沿路的徽章，风沙搁浅的希望……"

"许飞不是还在继续努力吗？你为什么就放弃？这次，只是希望被风沙搁浅而已。"韩宝乐说。"我没放弃，只是……"欧小鸥争辩着。"青春不言失败！我们还有很多机会证明自己。许飞没有放弃，你也不能。"韩宝乐说着说着，就笑了起来，他想起这话原来是欧小鸥劝慰他的，那次，他的语文考砸了，而欧小鸥却是全班第一。

欧小鸥倚在窗前，头耷拉着，颓废的样子像株没有生机的植物。韩宝乐看着，心里有些疼。"振作点儿！"看着欧小鸥黯淡的眼神，韩宝乐小心翼翼，生怕不小心会刺伤他。

能说善道的韩宝乐面对忧伤且沮丧的欧小鸥时词穷了，他不知说什么比较合适。说重了，怕在他受伤的心扉里再撒上一把盐；说轻了，他又听不进去。以前，都是欧小鸥开导他，每次在他失败时，在他快没信心时给他打气，做他的思想工作。

两人一齐陷入沉默，屋内只有许飞舒缓的歌声在飞扬。"你给我梦想，我勇敢向前闯……"

终要告别。韩宝乐没有再劝解，他想，欧小鸥会明白的，许飞的歌已把一切说明。

三

欧小鸥依旧常常把自己关在房间里，有时听歌，有时看许飞决赛时的录像带，思绪如云。他又怎么会放弃？他离大学梦还有很长的一段路，只是暂时的失败让他无地自容，让他不知怎么安置自己的情绪。

欧小鸥的书桌上有一个原木相框，里面是两张青春而充满朝气的脸。那是毕业前和韩宝乐在学校的合影。韩宝乐看到照片时还乐着说他们俩就像两株茂盛的狗尾巴草。看着照片，想着韩宝乐，想着每次他们面红耳赤地争吵和针锋相对的那些事，欧小鸥的心渐渐温润起来。收拾好自己的心情，欧小鸥深深地吸了一口气。

夜深时，辗转反侧的欧小鸥会躺在被窝里给韩宝乐打电话，一听见他嘟囔着的呓语般的声音时就笑。"小欧，是我，怎么了？"韩宝乐说。"没什么，只是提醒你该起来上厕所了。别的没事，再见！"欧小鸥说完大笑着挂了电话，他知道韩宝乐一定还睡眼惺忪地握着手机。欧小鸥喜欢这样作弄韩宝乐，他感觉很亲切，这是他表达自己友谊的一种方式。韩宝乐抗议过，抗议无效，只得接受。偶尔，韩宝乐也会效仿一次，让正在梦乡的欧小鸥睡意全无，几次以后，欧小鸥就再也不敢恣意骚扰他了。

能开这样的玩笑，韩宝乐就安心了。他知道欧小鸥还是原来的欧小鸥，他又振作起来了，被风沙搁浅的希望再次起航。确实，在二中，欧小鸥不再故作沉默，他一如从前，快乐的笑容又漾在脸上。

四

一天，欧小鸥来到学校，校门左边的消息栏前围满了人。

欧小鸥也挤进去看，原来是"全市中学生英语口语竞赛"的消息。身边的同学吵吵嚷嚷，有的跃跃欲试，有的撇撇嘴直摇头。欧小鸥挤在人群中，心里酝酿开了。他的英语很好，口语更是不错，就连在北京外国语学院读书的表姐都夸他发音纯正。想着证明自己的机会到了，欧小鸥喜不自禁地大叫一声："耶——"

在众人的侧目下，他红着脸赶紧撤退。

"用不着这么夸张吧？还'耶——'真受不了。""能不能参加比赛都不知道，高兴什么？新生。"两个高年级女生不满地嘀咕。

欧小鸥难为情地跑开了，脸涨得通红，但心里是快乐的。不管别人说什么，我一定得参加，欧小鸥想。他习惯性地仰起头看看天空，脸上自信满满。

才一会儿工夫，包里的手机就响了。是韩宝乐的电话。

"怎么样？有信心参加么？"韩宝乐开门见山。

"废话！有什么不敢？难道你忘了，我老爹可是留过洋的，而且是在美国。"欧小鸥得意地说。

"一言为定，我们都报名吧，争取在学校的海选中脱颖而出，这样我们才有机会在决赛中PK。"韩宝乐说。

"但愿那时还有你！哈哈哈！"欧小鸥大笑。

进入教室，同学都在议论竞赛的事。欧小鸥没有参与，他知道，说得好不如做得好，他希望来个"一鸣惊人"。同桌询问他是否会参加比赛时，他故弄玄虚地皱眉沉思，一副高深莫测的样子。"神经搭错了？"同桌见他这样子直来气，欧小鸥宽容地笑笑，说："参不参赛由不得我，先得选拔呀。"

那堂政治课，他一直盯着老师说个不停的嘴巴，目不转睛，思绪却飘到了九霄云外。好不容易等到下课铃响，他第一个冲出去，找英语老师报名。

五

报名人数众多，经过几轮PK，欧小鸥终于入围学校前三甲，可以代表二中到市里参加现场英语口语竞赛。

临近比赛的前几天，欧小鸥又开始担心起自己来，这种惶恐来得莫名。他找到韩宝乐说出了自己的慌乱。

"呵呵！你这人真是的，怕什么，你的自信都哪去了？"

"害怕失败呀，赛场高手如林。"

"害怕失败？我看你像惊弓之鸟，要不，干脆自动退出比赛好了。"韩宝乐直言。

"退出比赛？这怎么可以？我努力了那么久。"欧小鸥说。一直以来他都挺自信的，但中考的落败让他对自己没有太多信心了。

韩宝乐瞥了欧小鸥一眼，轻摇着头，静默了一阵才说："没什么的，只是一场比赛而已，权当检查一下自己的口语水平。再说，你已经在学校脱颖而出了，证明你很优秀，有实力。在赛场上，说不定我们俩会有一场PK哟！"韩宝乐不得不转变口吻，看见欧小鸥这个样子，他心里很难受。他很怀念以前的欧小鸥，虽然那时有点儿狂妄，但毕竟是自信满满的。或许，他只是希望得到一些鼓励吧。

两个人信步走进中山公园，在一处凉亭歇脚。夕阳的缕缕霞光穿越凉亭前大榕树稀疏的叶隙，洒下一地斑驳，也映照在他们青春的脸庞上。公园有些破落，但很有规模。如茵的草地上，很多孩子在跳跃、奔跑、嬉戏，欢笑声此起彼伏。

欧小鸥一直在不停地说话，说比赛万一输了怎么办，说万一临场发挥失误了怎么办。夸张的表情和喋喋不休的样子让韩宝乐很为难也很头晕。他不应该是这样的，只不过是一次竞赛，努力了就可以，有必要这么担心吗？韩宝乐不敢直说，怕欧小鸥伤心。他静静地望着草地上一对年轻的父母正耐心地教着蹒跚学步的孩子走路。孩子才一岁吧，小小的个子，走起路来东倒西歪，才几步就摔倒了。年轻的父亲跑过去，鼓励孩子自己站起来，再继续走。孩子撑着地爬起来时，对着自己的父亲直乐，又摇摇晃晃地往前走。孩子灿烂的笑靥像一朵盛开的花儿，令人赏心悦目。韩宝乐看得入神，心里一片温润。

"你说话呀,韩宝乐。是不是很烦我?"欧小鸥问。

"没有!小鸥,你看那孩子,他在学走路。"韩宝乐说。

"孩子学走路?"欧小鸥纳闷地重复,目光却朝着韩宝乐指的方向望去。

看着蹒跚学步的孩子,欧小鸥静默了,他不再说话,一直看着。聪慧的他,一下明白了韩宝乐想说而没有说出的话。

谁的成功不是经过一次又一次失败、跌倒,然后自己爬起来,继续前进?当希望被风沙搁浅时,我们能够做的就是更加努力。成功从来都不是偶然的,但努力却是必然。过多的担心只是庸人自扰,最终只能作茧自缚。

六

"全市中学生英语口语竞赛"的比赛现场气氛异常激烈,可以容纳两千人的电影院挤满了人。选手们都是从全市各个学校选拔出来的佼佼者,个个口若悬河,讲得抑扬顿挫。

坐在人群中,欧小鸥的心又开始慌乱,再过一会儿就轮到他上台了。他可以听见自己"扑通扑通"的心跳声。

欧小鸥坐直身体,深深地吸了一口气,尽量控制住自己狂跳不已的心。韩宝乐坐在离欧小鸥不远的后排,因为现场气氛的渲染,他的心也莫名慌乱起来,真是"高手如林"呀。

欧小鸥临上场时,韩宝乐已经跑到他的身边来。"加油!"韩宝乐拍拍他的肩膀说。"嗯!尽力而为。"欧小鸥自信地走上舞台。

舞台上的欧小鸥表现得稳重大方,他演讲了一个故事片段。话音未落,掌声雷动。鞠躬感谢时,他在人群中寻找到了韩宝乐赞赏的目光。回到台下,两个人伸手击掌,然后紧紧拥抱在一起。结果已经不重要了,能够把自己最优秀的一面表现出来就没有遗憾。

韩宝乐的表现也很出色,但在这高手云集的比赛中,他和欧小鸥最终都没有进入决赛。

走出赛场,站在电影院的门口,他俩相对而视。良久,韩宝乐问:"小鸥?

失望吗？会不会难过？""失望——不会，难过——一点点，不过，没关系，我尽力而为了。"欧小鸥平静地说，嘴角还露出一抹笑意。"我也是！"韩宝乐挤眉弄眼地说，逗得欧小鸥大笑。

穿行在城市拥挤的街巷，他们异口同声地唱起了许飞的歌："灯光和火花一起闪亮，也亮不过我的梦想，我旅途的开场，我沿路的徽章，风沙搁浅的希望……被淋湿的翅膀，才拥有穿越过，那暴风雨的力量……"

歌声如雨，洒满了悠长的街巷。

出发是最好的开始

王瑞辰

一

509宿舍的"卧谈会"在熄灯后正式拉开序幕。我们各自躺在床上,在黑暗中聊起了班上近期发生的各种趣事。大家谈笑风生,哄笑声阵阵。

各类话题轮番上演,大家你一言我一语,时起争执,各抒己见。这天夜里,不知谁先提到了关于梦想的话题。梦想很美,年轻的我们谁会没有一个属于自己的宏伟蓝图呢?未知的人生于我们是一种充满诱惑的伟大挑战,我们兴致盎然。

在一片喧闹中,睡我下铺的庄严很正经地问我:"阿太,你的梦想一定是成为一名作家吧?"全班同学都知道,我的作文写得好,平时还爱看书,应该是想成为作家的。我还没开口,睡我对面上铺的钱锋先说了:"阿太的梦想肯定是成为作家的,要不他天天看那么多书干吗,多累呀!"他们都很明白我的心愿,平时除了学习,大部分的时间我都在看各种于他们而言看见就头疼的厚厚的书。

"是呀,这是我的梦想,我现在在作准备。"我如实说。

"你真幸福，都已经开始朝梦想的方向出发了，我就惨了，我的梦想好像没那么容易实现，感觉好不现实。"庄严说。

"你的梦想是什么呢？"钱锋问他，把我想询问的先讲了。

"你们别笑话我呀，我想成为大企业家，像马云那样的，多有钱呀！"庄严说完，逗得大家一阵笑，有人说他是个大财迷，什么企业家，不就是梦想成为有钱人嘛。

"梦想成为有钱人也没什么不对，你们不想吗？再说了，那些有钱人也曾有过穷的时候。庄严，我支持你的梦想，有一天你实现了，可要记住我们这群和你共住过一间寝室的好哥们啊！"钱锋说。他的话讲得庄严激动起来，仿佛这个伟大的梦想马上就见到曙光了。

我还来不及说话，走廊上突然响起舍监老师尖厉的声音："大家赶紧睡觉，不要再聊天了，明早还得出晨操……"同一句话每天晚上在熄灯后半小时内都会定时响起，大家舒展一下手脚，一个个就都转身睡了。晨操那么早，去晚了要被罚扫厕所，大家都领教过。

二

梦想的话题就犹如一粒种子，一经播种就会在我们的心田悄然生长。我就是这样，原来我只是自己一个人常常构想着未来的人生，那次"卧谈会"后，我感觉自己的想法更加明晰了。我想成为一名作家，一名像安宁那样的作家，愿意用一生的时间来经营文字。

我在安宁的一篇文章中读到过这样的一句话：出发是最好的开始。梦想再美，再遥远，都将始于足下，都要朝着这个方向出发，这样的开始才是最好的，而不是挂在嘴边，梦着想着却从来没有行动。没有行动的兑现，那梦想终将是镜花水月，看得见却摸不着。

庄严依旧吊儿郎当的，他不喜欢读书，整天上课不是睡觉就是戴着耳麦听歌，老师说了他很多次，但他无动于衷，全当耳边风吹过。久而久之，只要他不在课堂扰乱纪律，老师也就随他去了，再不管他。

我却是有点儿为他惋惜，他有那么宏大的梦想，却不付诸实际行动，以后怎么成为像马云那样叱咤风云的大企业家呢？于是在一次只有我们两个人在操场散步时，我问他："庄严，你的梦想那么宏大，你有想过如何去实现吗？"

"是呀，梦想太宏大了就只能是空想，根本没有思路，也根本是无法实现的。权当我说着玩吧！"庄严笑笑，一副无所谓的表情。

"我倒是挺赞成钱锋说的话，马云也不是一天两天就有这么大的成就和财富的，他也是通过自己的努力，一步步走到今天，如果当初他没有坚持自己的梦想，没有朝着目标出发，他如何能抵达今日的高峰呢？"

"是呀，如果没有出发，也就不会有今天的马云了。"庄严若有所思。

"出发是最好的开始，梦想再美再宏大，都是一步步实现的，哪有人一天能够吃成胖子呢？对吧？兄弟，我可是很期待你成为有钱人的那一天。"我笑着对庄严说。

虽是玩笑话，但庄严真的动心了，他思索一阵后认真地问我："那我现在能够做什么呢？我要如何出发？"

"你对马云的经历了如指掌，他不就是一个善于思考、勇于尝试的人吗？你得先改变自己，尝试着出发，而不是停留在原地无所事事吧。"

庄严没再说话，他表情严肃地想了很久，然后点了点头。

三

我一直没有听钱锋说过他的梦想，但我却注意到另一件事，那就是钱锋读书很认真，所有的课程，他都学得不错。别看他平时玩乐时最疯，正经学习时，他可是专心致志的。

又一天夜里，开睡前"卧谈会"时，庄严问了钱锋，问他的梦想是什么。其实我也很好奇，寝室里其他同学都说过自己的梦想，只有钱锋没有谈过这事。

"我目前也不明确我的梦想是什么，我只知道自己想成为一个与众不同的人。可能哪天，在一个偶然的机会里内心得到了触动，我才会晓得自己的梦想吧！其实很多时候，梦想具体是什么并不重要，重要的是，你为你的梦想做了多少准备，于我而言，这个更重要。"

钱锋说完时，我不禁替他鼓起掌来，并接过话茬说："这个漂亮！'你为你的梦想做了多少准备'，我支持这个。庄严，你觉得呢？"

庄严明白我话中的意思，他有很美好的梦想，但他一直得过且过，虽有梦想，却不付诸行动，那梦想就永远只能是空想，唯有付诸努力的梦想，才有被实现的一天。

"我晓得了，我不会再虚度光阴，无论将来梦想能不能实现，我都将全力以赴，努力的过程才是最有意义的。"庄严信誓旦旦地说。

"梦想有时会在我们成长的过程中起变化，就像我小时候，一会儿想当警察，一会儿想当科学家什么的，但随着时间一天天地过去，我们一天天成长，我们都会更加明确自己的梦想，其实我们现在要做的就是打好基础，这个最重要，不是吗？"钱锋问。

"确实如此，有梦想很好，但一定得出发，我们现在要先打好基础，将来才有可能将自己的梦想实现。我同样很赞成庄严的话，努力的过程最有意义，毕竟我们努力过了，人生也就没什么遗憾……"他们的话让我感触颇深，情不自禁地和大家分享起来。

"大家赶紧睡觉，不要再聊天了，明早还得出晨操……"舍监老师尖厉的声音响彻走廊时，我们赶紧捂好被子睡觉。可是我躺在床上，借着幽暗的夜色望着头顶空荡荡的天花板毫无睡意，我的思绪被钱锋和庄严的话搅得活跃起来。

漫长的夜里，我想了很多，关于人生，关于梦想，关于努力和出发，不知什么时候，我才进入了梦乡，但那梦也是精彩纷呈美丽的梦。

四

成长是自己的事，可能因为别人的一句话，也可能因为一次"卧谈会"

的启示,我感觉到庄严的变化了。这个静不下心来读书的人,突然给人一种"换了一个人"的感觉。

钱锋说庄严连眼神都变了,以前他是急躁的,现在却能静下来好好看书。我逗庄严:"小同志,你终于长大啦?有目标就是好。"庄严看了看我,很认真地说:"我这段时间想了很多,觉得你们说的都是对的,一个人光有梦想远远不够,还得出发,不能永远停留在原地。"

"嗯,真棒!早该这么想的。"我说。

庄严一把揽住我的肩膀,笑容灿烂地说:"我终于明白了我妈妈以前对我说的话,她说一个人在成长过程中交的朋友很重要,好朋友能够让你找到自己的方向,让自己变得更好,而坏朋友会让你模糊自己的视线,认不清自己,没有进取心。"

"所以我们都是你的好朋友。"不知什么时候,钱锋凑了过来。

"是呀,这一路上有你们,我不孤单。虽然我们的梦想不同,但无论什么样的梦想,努力是基础,这个永远不会改变。"庄严说。

"庄严,你怎么抢了我的话,这可是得我说的。"我逗他。以前他总说我一说起话来就像哲学家,现在他也一样了。

"阿太,就让我抢一次你的话,这可是我的心声哟!"庄严说。

"好!抢吧,想说就说。"

"心声?好严重哟!看来我不得不正经起来了。"钱锋说着,正襟危坐,他装模作样的表情逗得我和庄严禁不住哈哈大笑起来。

我们都是成长路上的少年,我们都有自己的梦想,可能有些时候,我们还找不到自己的方向,可能我们找到了自己的方向却不知如何努力,还好,这一路上,我们并不孤单,我们有朋友,我们会互相促进,我们都已经知道,对于梦想来说,出发才是最好的开始。

从"学渣"到"学霸"的路有多远

安一心

学渣曾子宇

我和曾子宇是邻居，同年同月出生的我们，从幼儿园开始就是同学。曾子宇从小就淘气，是街坊邻居口中最调皮捣蛋的坏孩子。可能是有他作对比，性格安静的我就成了众人眼中的乖孩子。

我从不在街上横冲直撞，也不会与街道上的同龄孩子发生矛盾，而曾子宇恰恰与我相反，他成天在街上疯跑，用弹弓打路灯，欺负更小的孩子，扯着嗓门与批评他的大人顶嘴，种种不良行为让左右邻居看见他就摇头，说："曾家出这样的孩子，可悲呀！"其实曾子宇的爸妈都是温厚的人，不知怎么竟然养出这样的孩子，让大人头疼。

性格各异，爱好不同，我和曾子宇就像两个世界的人，虽然一直都是同学，但我们从不在一块玩。小时候我就挺嫌弃他，他不仅学习差，抢过我的玩具，还把我推倒，连额头都磕出血。我不喜欢他，他却总爱来纠缠我，还从家里带糖去学校想巴结我，可我家的生活条件比他家更好，他有的东西我全都有，一点儿不心动。见我一次次拒绝，曾子宇觉得没面子，就对我使用暴力，我打不过他，跑去找老师告状，害他不仅被老师批评，回家还得挨骂。

他骂我"害人精"，说我成绩太好，害他在家老挨骂。我的种种优点都成了他的"眼中钉"，因为他的父母总把我拿来和他对比，把我作为他的榜样，要他向我学习。可能就因为这样，他特别恨我。他曾亲口对我说："我最讨厌你这个'鬼学霸'。""彼此彼此，学渣渣。"我不屑地对他撇撇嘴，从不把他当回事。

整个小学阶段，我的成绩名列榜首，而他一直徘徊在尾巴几位。

我怀疑曾子宇的友善

上了初中，我以为我再也不要天天跟曾子宇在一间教室上课了，没想到第一天上课，他居然又堂而皇之地出现在我的视线里。我郁闷地叹气，他怎么像个甩也甩不掉的牛皮糖，真是烦人。我也为即将当我们班主任的老师担心，遇见曾子宇这样的学生还真是倒霉。

我们井水不犯河水，倒也相安无事。我坐前排，每天上课专心致志，耳听、眼看、手抄笔记，开动脑筋，没一刻得闲。好成绩从来都不是从天上掉下来的，如果不认真上课，哪能快速完成作业？不快速完成作业，我哪有时间预习、复习，谈何画画、弹钢琴和玩滑板？

可能是学习方法和效率的原因吧，我学得很轻松，每天有大把的时间花在我的兴趣上。有同学看我总是学这学那，都在做与学习无关的事，而成绩又总是独占鳌头，特别好奇地跑来问我："学习和玩两不误，你是怎么做到的？""学习时学习，玩时玩。"我如实说。"就这样？"他们满是怀疑。"确实是这样。"我笑着点头。

我确实是这样做的，但那个问我话的同学应该是半信半疑，没有按我说的做。可是那个曾与我形同陌路的曾子宇却突然对我友善起来了，他不仅在学校主动和我打招呼，放学路上还一反常态地跟我一块儿走，甚至开始向我请教问题。

我猜不出曾子宇的葫芦里到底在卖什么药，感觉他怪怪的，难道是因为长大懂事了？可就经过一个暑假，难道他"一夜长大"？我不相信一夜长大的神话，倒是担心他在玩什么阴谋诡计，到时让大家看我的笑话。心里有顾虑，我对曾子宇突然的热情本能地拒绝，特别是我觉得他太过友好想与我靠近时，我用逃避和拒绝生硬地排斥他。

"杜明智，你就这么看不起我呀？"曾子宇见我一次次拒绝他，生气地质问我。

"我们从来都不是一类人呀！"我说出了我的理由。毕竟同学了那么多年，我们熟悉彼此，我怀疑他的友善有诈。

我的拒绝深深地伤害了曾子宇，他气呼呼地对我嚷："你有什么了不起的，不就成绩好点儿？总有一天我会超过你！"

"是吗？放马过来，就看你有没有这个本事了。"我不屑地说。

如果我不了解他，我不敢说这话，但我太清楚曾子宇是什么样的人了，凭什么呀？一个不学无术、成天只知道疯玩的学渣，他想超越我，这不是"痴人说梦"吗？

曾子宇赢了我

时间有条不紊地流逝，我和曾子宇各过各的，再无交集。我几乎不注意他，其实我对别的同学也不太关注，每天马不停蹄地忙自己的学习和爱好。

可能成长的意义就是懂事、想读书吧，至少曾子宇是这样。小学时总考倒数几名的他，上了初中后先是脱掉了"不及格"的帽子，后来成绩渐渐居中。他也变得安静了，唯有与我目光对视时会露出过去坏坏的样子。我知道他在生我的气，毕竟我伤了他的自尊。他那么主动地向我示好，我却是生硬地拒绝了他，把他的尊严踩在脚下。

看着成绩日渐提高的曾子宇，我有些内疚的心平和了，觉得自己的功劳很大，如果不是我刺激了他，他哪能好好读书，想要迎头赶上我呢？不过，我有时又觉得，当初那么说曾子宇太扫他的面子了。他小时候的那些恶行，随着年纪的长大再也没有出现过，反而变得礼貌起来，连街坊邻居都夸他——长大了，确实很懂事。

初二的期末考试，曾子宇的英语居然考了满分，特别是他的口语，连英语老师都赞不绝口。这太令我意外了，他真的超越了我，而且是完胜。在我满腹疑惑时，曾子宇不请自到。他在放学路上拦住我："还记得吗？我说过我要超过你，我做到了。""我记得，那又怎样？"我愤然地应他，"不就赢了我一次，有什么可得意的？"

"我还会再赢你的，信不信？"他说话时目光坚毅，自信满满。

"信又怎样？不信又如何？"看他一副"小人得志"的样子，我气坏了，暗下决心，下次一定不留机会给他。

"再赢你，我是不是可以和你做好朋友？"

我以为自己听错了，傻愣愣地看着他——他要和我做好朋友？为什么？

"你是我学习的榜样，是我超越的目标。"

"把我当成路标牌呀？"我吆喝他，但心底是快乐的。

难得他会把我当成榜样，太意外了，我从来都不曾想过，有一天我们会成为朋友。

变成"学霸"的路有多远

曾子宇的成绩越来越好，到初三时，他常常与我并驾齐驱，成了同学眼中的"学霸"。

我仔细观察了曾子宇好一阵，这家伙真的变得和过去不一样了。他不仅爱上了学习，对英语还特别痴迷，在家看片都看英文原版，真是吓到我了。

"你什么时候变得这样爱读书了？是那次我伤了你，激起你的斗志？"我对他充满了好奇，一个"学渣"在朝"学霸"的路努力。

"你的刺激算是加油声吧……"曾子宇娓娓道来，向我说了一件事。

原来小学毕业那年暑假，曾子宇的父母带他出国玩了一趟。20天的时间，周游欧美列国。出国旅游，增长见识，这原本是件快乐的事，但让他郁闷的是，一路上，他听不懂外国人说的话，每天都像个傻瓜一样，除了看异国风光，再无乐趣。倒是和他同团的一个男孩，年纪比他小几岁，可他却能用一口流利的英文与外国人交流，逗得他们哈哈笑。虽然有导游，但小男孩却出足了风头，每天义务当翻译，成了旅游团的核心人物。小男孩不仅英文说得好，懂的东西还特别多，为曾子宇打开了一个全新的世界，让他自省到，以前自己的认知是那么肤浅。小男孩也是国内的，第一次出国，他的表现震慑住了曾子宇……

"你知道吗？世界那么大，出去走走后，才幡然醒悟过去的自己有多幼稚，看着一切新奇的东西，我真恨自己浪费了那么多美好的时光。在我身边，你是最棒的，上初中后，我就想和你做朋友，学习你身上所有的优点，希望自己也变得优秀起来……"

曾子宇的坦诚让我感动，他的话让我深感惊讶，一次偶然的旅行，一个同团的小男孩，他的优秀刺激了曾子宇。

从"学渣"到"学霸"的路有多远呢？或许是一趟旅行的路程，或许是一个被刺激的瞬间，或许是一回自我认知的心路历程。当自己有了目标后，努力就有了方向和动力，"学渣"又怎么不能变成"学霸"呢？

一路上有你

安一心

那年中考,我考试发挥失常,与一中失之交臂,昂扬的斗志一点点萎靡。身边的同学无论上中专还是职高,他们都喜笑颜开。我不屑他们的快乐,我的成绩比他们都好,我的目标只有一中。

东旭是我的同桌,他也没有收到录取通知单。我的分数距一中录取线差两分,他的分数距职高录取线也差两分。他有些无奈地对我说:"季然,班上就我们两个落榜生哟!""还不是和你同桌的后果,真倒霉!"我板着脸对他嚷。

东旭每次考试都是最后一名,没有考上职高也在预料之中。虽然他已经很努力了,但成绩依旧是最后一名。我的心情糟透了,总感觉是他带给我的霉运,和他说话时总是没有好脸色。他却一如既往地保持着平静,每天有事没事总爱来找我。"我的脑瓜不好使,能考到这个分数已经很满意了,因为我努力过,没有遗憾,倒是你,成绩那么好,太可惜了。"东旭说,随后他就建议我回去复读,说我一定可以考上一中的。"别烦我了好不好?我想一个人安静!"我厉声向他叱喝,"回去复读?我没脸回去复读,谁都以为我稳上一中的,现在回去复读,真是丢人丢到家了。"

在东旭来和我告别准备出门打工时，我突然动了心思，想跟他一起出去。他一向都听我的，没想到这次他断然拒绝，而且表情严肃。"我们是不同的两种人，你应该回去复读，争取考上一中，我知道你以后还要考大学的；我不适合读书，所以只好出门打工。"他说。"我的人生要你安排？我就要出去打工。"我蛮横地说，由不得他拒绝。

我没有向父母告别，留了张字条后就随东旭去厦门打工。东旭有个表哥在厦门一家酒店当领班，我们就去投奔他。东旭的表哥对我们很热情，在他的帮助下，再加上我们俩都长得高挑，老板同意我们留下来。

上班之前，东旭的表哥给我们讲了很多酒店的规矩，还给我们培训了一个星期。身份的骤然改变，我很不适应，只是每天依旧要假装微笑着面对每一位客人。酒店的生意很好，我们每天忙得像陀螺，连喘息都要抽空。回到宿舍，一躺到床上我就不想动，浑身散架了似的。

酒店附近有所高中，每天看着外面来来往往的学生，我心里就特别难过，希望回去读书的愿望越来越强烈。我真的愿意一辈子给别人端茶送水吗？我暗想着，心在痛，泪水盈眶。

东旭很喜欢这份工作，他热情的服务态度赢得了不少客人的赞赏。看着他一脸笑容和满足，我会忍不住冲他发脾气："你有点儿出息好不好？天天被人呼来喝去的，你还这么开心？"东旭看着我，有些不知所措。他明白我的心情，知道我还想回学校读书，但他又不知该如何劝说才好。在我面前，他总是无所适从，自从我说过是沾了他的霉运才没考上一中后，或许他也认为，成绩一贯优秀的我没有考上一中唯一的原因是跟他同桌，他心生愧疚。每次看我呆呆地站在窗前眺望附近那所中学时，他就会转身走开。只有一次，他似乎是犹豫了很久才下定决心对我说："要不，春节后，你就回去复读……"他说得断断续续的，声音很轻，但每一个字我都听清楚了。"你说得容易，你回去帮我联系呀，看看哪所中学会要我这个中途才来的复读生？"我恼怒地说，心里后悔当时意气用事跟他出来打工。这几个月以来，我每天都渴望自己能够重返校园。

在酒店，面对傲慢客人的种种要求时，我一脸不耐烦。有几次，因为忍不住客人的啰唆我就回敬了几句，他们面子挂不住喧闹着要找老板炒我鱿鱼。只是每次都有东旭出来帮我化解。他坦诚的微笑很受用，再加上说尽好话，才把客人安抚下来，只是我心里的那个气呀，难以消受。

心事郁结成疾，我竟然病了。住在医院的那个星期，每天只有东旭照顾我。看着他酒店、医院两边跑，累得精疲力竭的样子，我心里就难受。想想以前在学校，我总是对他爱理不理，觉得他笨，没想到一到社会，我却什么都需要他照顾。

临近春节，酒店又招了几个服务生，老板终于开口让我走人了。其实老板早就想赶我走，一直碍于东旭和他表哥的情面没吭声，但他看我的眼神一直是愤然的。生意人，和气生财，我得罪了他的客人，他怎会不恨我？加上我住院花了他一些计划外的钱，让他心疼不已。东旭本可以升为领班的，但他最终没有留下，陪着我一起回了家。我知道东旭其实很喜欢这份工作，他想留下来当领班，但他又不愿意看我一个人离开。

回到家里，我整天郁郁寡欢。特别是看见那些成绩比我差、从外面读中专回来的同学，听着他们口沫横飞地谈论他们学校的趣事时，我就冷着脸，一声不吭。东旭总会很好地帮我掩饰。半年的工作经历，东旭成熟了很多，说话既委婉又有分寸。

有几天，东旭没来找我，我以为他也厌烦了天天陪在我身边看我的苦瓜脸。那年春节过得无聊、乏味，我成天待在家，沉溺于哀伤的音乐中，跟谁都不愿意多说一句话。

喜庆的春节在热闹的鞭炮声中一晃而过。过了初五，出门打工的、外出上学的又开始忙着跑车站提前购票。我不知道自己该干吗，对未知的明天尽是茫然。我真的不愿意再出去打工，可我又怎样才可以回到学校上学呢？

东旭一直没有告诉我春节后的打算，我知道他肯定还要出去打工，但去哪、和谁去、干些什么，他一直不曾说。他不说，我也不问。我们待在一起，只听张学友的歌。

以前的班主任找来我家时，我才知道东旭已经离开县城外出打工了。

我愤然，出门打工又不是什么大不了的事情，有必要瞒我？突然想，或许他觉得我太麻烦了，不想让我再跟去。我想着，心里就不是滋味。只是奇怪，老师为什么会突然来找我？难道就是告诉我东旭出门打工的事？疑惑时，老师又说："季然，你还是回学校复读吧，只剩半年了，当然凭你的成绩，没什么问题……"老师说了很多。

原来是东旭去请求老师，希望通过她来劝我回去复读。临走时，老师又说："东旭已经帮你把复读费用交了，元宵节后就回来上学。"我呆站在门边，连老师离开都没有反应过来。

这个东旭，自作主张，可他竟如此明白我的心思。想到他，我浅浅地笑了，心情顺畅。

回到学校后，我全身心投入到学习中。我的基础本不差，经过两个月的强化复习，我的成绩又排在了年级第一名。只是，由于去年的教训，我一直不敢掉以轻心。

东旭一直没有给我写信。在忙碌的学习中，我渐渐把他忘了。

再次拼搏，我终于以全县第二名的成绩考上了一中。拿到录取通知单的那天晚上，我一个人在房间一遍又一遍地听《一路上有你》，在张学友真诚的歌声中想念东旭。真的希望他就在身边，分享我的快乐。只有他会明白我此刻的心情和曾经的渴望。

接到东旭的信时，我已经是县一中高一的新生。望着教室外面灿烂的阳光，我心里充满了万丈豪情，我下定决心，一定要好好努力。

东旭在信中给了我很多鼓励，那些曾经让我不屑的言语，如今却让我感动不已。他依旧漂泊在外面，依旧在酒店当服务生，几年了都没有回来过。他的信却一封又一封不曾断过，那些地址变了又变，从深圳到杭州，从上海到北京、西安。每封信里，东旭都会写下这么一句："你是我的骄傲，好哥们！"只是，我希望在我即将踏入大学校门前，能够看见他，能够和他一起再听听张学友那些久远的老歌，我们要一起唱响《一路上有你》那有力的旋律。

少年的梦想熠熠生辉

罗先华

一

来到新学校,走进新班级,我没想到会看见一张熟悉的面孔——"刺猬头"。他也一眼就认出我了,却低下头,急着躲开我的视线。

没想到老师会安排我和"刺猬头"同桌,我走过去时,他见没法躲了,就咧开嘴对我笑,说:"欢迎新同学!"我认真地打量他一眼:"我们见过面吧?""没有没有,绝对没有,我是大众脸,你估计认错人了。""刺猬头"极力抵赖,死不承认。

见他不认账,我也不多说,毕竟老师开始上课了,我初来乍到,不能违反纪律。我想等下课了再和他论论理,可是铃声一响,这家伙溜得比兔子还快。

班上的同学很热情,下课后就围着我问东问西,一副"打破砂锅问到底"的架势。我也不拘谨,有问必答,很快就和他们建立起最初的友谊。特别是班长杨立正还拍着我的肩膀说:"如果豆丁欺负你了,你要告诉我,我会帮你。"哪个豆丁？我一脸疑惑。见到我的表情，杨立正说："就是你的同桌林灿呀，别看他人小，这家伙很坏。"

旁边的几个同学也添油加醋，向我一一揭发起林灿过去的"光荣历史"。"他上课老捣乱，有一次还把老师气走了"，"他总是吊儿郎当不学好，还跑去低年级找小同学借钱上网吧"……原来是这样，我思忖着要如何对付这个新同桌时，上课铃响了，林灿满头大汗地跑回来。

"林灿同学，你这眉心的黑痣很眼熟，该不会是新点的吧？"我凑过去问他。

"新点的还是旧有的，跟你有一毛钱关系吗？"林灿没好气地说。

这家伙很骄傲，挺小的个头，挺大的脾气，怪不得敢用假钞买我的雪糕。

二

一个多月前，在城里打工的父母为了让我能接受更好的教育，决定带我在身边，帮我联系好学校后就在暑假把我接到城里。

刚进城时，我对周围的一切都充满好奇。楼高，车多，喧嚣，繁华，这是一个与农村完全不同的世界，父母特意停了一天工带我到城市的各处走走，希望我能早日融入其中。

我可能比较早熟吧，适应能力也强，独自在城里逛了几天后，对周边的环境就有了印象，特别是我居住的城中村，几条大街小巷，我都绕了几遍。我还意外地发现那里有家冷饮制品批发店。店老板是个胖胖的中年大叔，人很好，很健谈，我第一次站在店门外观望时，他就热情地问我是不是想批发点儿雪糕卖？

在老家时，一到暑假我就会去县城批发冰棍回乡下卖，补贴家用，那是我唯一知道的挣钱方式。父母在外打工的日子，我就是家里的"顶梁柱"，爷爷奶奶有什么事都会找我商量，他们觉得我很懂事。

我向胖老板咨询了很多问题，然后决定向他租一个保温箱卖雪糕。我用临行前奶奶塞给我的300元钱做启动资金，开始在城里的第一次"创业"。

大概是天气酷热的缘故吧，雪糕很畅销，我乐得眉开眼笑。能帮父母减轻一些负担，苦点、累点、热点我都不介意，而且游走在城市车水马龙的街巷，我才感觉自己真正融入了城市。

遇见林灿那天是傍晚，我正准备把剩余的雪糕退还老板，然后回家。当我路过城中村边上的那家大型网吧时，一个小男孩急匆匆地从网吧里跑出来撞在我身上，差点儿就打翻了我的雪糕箱。我还没开口，他却愤愤地骂开了："不长眼呀，看见人都不知道闪！""对不起呀！有没有受伤？"我息事宁人，不想刚进城就与人发生冲突。

待我仔细打量时，才注意到他是个顶着"刺猬头"的小男生，他说话时，眉心的一颗黑痣也会跟着眉毛一起动。见我先道歉，他撇了撇嘴，瞪了我几眼，也就没再追究。可是当他看见我怀里抱着的雪糕箱时，眼睛突然亮了起来。

"兄弟，卖雪糕呀？以前好像没见过你？"他一副自来熟的样子。

我瞧他的样子就知道不是善茬，于是默不作声。

他在口袋摸索了半天，然后说："买你几支雪糕吧，说说，10元钱可以买几支？"

"正常是5支，我给你6支吧，我也要回家了，正准备去退给老板。"我说。

他倒也爽快，在我装好6支雪糕给他时，从口袋掏出一张10元面额的纸币给我，然后借着夜色匆匆消失在灯火阑珊处。

到了冷饮批发店，我把钱算给胖老板时，才发现刚才"刺猬头"给我的钱是假钞。

三

"踏破铁鞋无觅处，得来全不费工夫"，我居然一进新学校就遇见了"刺猬头"，他还是我的新同桌。"雪糕好吃吧？"我盯着他问。

"神经！听不懂你在说什么。"林灿没好气，丢下一句就想离开。

"坐呀，我们是同桌，聊聊天，以后得天天见面。"我顺手扯住他。

林灿比我矮了半个头，身体也瘦，怪不得班上的同学会叫他"豆丁"，真是贴切。可是这个小豆丁居然敢坑我，真是让人颜面扫地。我卖了两个暑假的冰棒，以为自己辨别假钱有一套，没想到阴沟里翻船，栽在这小子手里。

他不认账，我心里的火一下子拱上来。

"改天我请你吃雪糕吧，10元6支。"我不依不饶地缠住他，其实不是要他还钱，就希望他能承认这事。看他的表情，我猜他那天是故意的。

"留着你自己吃，我没兴趣。乡巴佬！"他噘噘嘴，扭头不理我。

他做错了还骂我？我愤愤地想教训他时，他又转过头来，不屑地说一句："想动手呀？"

突然想起自己是转校生，初来乍到就打架影响不好，我不想被退回老家去。

我和"刺猬头"林灿之间就这样横亘起一条无形的鸿沟。这小子人小鬼大，之前被我逼问让他很无颜面，他的报复出乎意料，花样百出。

他趁我不注意，涂改我的作业，用小钉子划破我的衣服，还在凳子上撒了一层白灰，甚至他还纠集几个"后进分子"来警告我。我倒也不怕他，他作弄我，我也作弄他，在他上课睡觉时故意吓醒他，在他起立时悄悄挪开凳子时，让他一屁股摔在地上。

有一天考试，我感觉肚子很不舒服，一连跑了四趟厕所，在我虚得头晕眼花时，无意中注意到"刺猬头"正掩嘴偷笑，莫非……我再看试卷时，傻了，也即刻明白，正是"刺猬头"搞鬼——他趁我不在时，在我水壶里放了泻药，趁我去厕所时，又改了我填写的答案。我一时怒不可遏，使劲推了他一把。他没防备，摔了个仰面朝天。

教室里顿时乱了。"刺猬头"爬起来后，对我拳打脚踢，还顺手撕了我的试卷。我拖着虚弱的身体全力对抗，也撕了他的试卷。两个人的脸上都挂了彩。

愤怒的老师把讲台桌拍得"嘭嘭"响，他把我和林灿都赶出教室，让其他同学继续考试。我们被罚在操场上站了两节课,放学后,老师又留下我们面壁思过,最后外加一千字的检讨书。

四

我和林灿的关系到了无法挽回的地步,我恨他一次次地害我,让原本想好好读书的我整日里就想着如何报复他。看得出来,他也不喜欢我。不过还好,自从那次考场上鸡飞狗跳的事件后,我们虽不说话,却也不再互相干涉。

学校一年一度的运动会开始了,老师说这次全班同学都要全力以赴,上一年和第一名只差三分,这次一定要拔得头筹。大家都很兴奋,踊跃报名,可是 3000 米的长跑空缺了。之前的长跑冠军转学走了,由谁顶上呢?大家都不愿意报,3000 米啊,累死人了,谁喜欢呢?

老师动员无果后,想了想,突然把目光转到我和林灿身上。"你们两个将功补过,如何?还有一段时间,练一练应该可以,你们的身体素质都不错。"老师说。

我瞥了林灿一眼,不屑地想:"刺猬头"长这么小,能行吗?别半路上就倒下了。没想到,林灿也转头看着我,眼中满是疑惑。或许吧,他也认为我跑不动。

想想之前自己给班级抹黑,我确实想将功补过,于是欣然接受老师的提议。没想到林灿也接受了。这小子安静一段时间了又开始喧闹,我没再理睬他,井水不犯河水,大家各过各的。操场上练习跑步时,也是各练各的。老师让我们配合,我们嘴巴答应,行动还是生分。

我和班上其他同学的关系都不错,大家和睦相处,开心说笑,只有林灿在热闹的教室里显得有些落寞。不过,这是他自找的,怪谁呢?

在农村时,我经常在旷野里奔跑,加上卖冰棒时的锻炼,我相信自己一定可以赢得 3000 米的比赛。比赛那天,我信心满满。

长跑报名的人少,我第一轮就直接进入决赛。我昂首站在跑道上,瞟了眼身边的"刺猬头"林灿,看他的身材就觉得好笑,腿都没别人长,还参加比赛?

鸣枪后,大家不约而同一齐抢占有利位置,林灿不紧不慢地跟在我身后。有两个男生很快跑在最前边,大步流星地向前冲。我摇摇头,这种跑法,不出两圈就肯定歇菜了。果然不出我所料,跑到第三圈时,最前边的两个男生慢慢地跑不动了,被后面的同学一一追上。

围观的同学山呼海啸般喊着"加油",又有一个很壮的男生跑到了前面,我跑在第二的位置,紧紧咬住,不让自己太落后,已经第六圈了,我得保持体力为冲刺做准备。林灿依旧跟在我身后,没想到这小豆丁体力不错,居然能坚持住。

在我思想开小差时,没想到,我脚下一绊,整个人硬生生地摔在塑胶跑道上。体力透支,我艰难地想爬起来,但感觉气力不济。围观的同学又在高呼"加油",我气喘如牛,浑身被汗水湿透了。林灿跑上来,我想他这下肯定乐疯了。我万万没想到,他竟然弯下腰吃力地把我搀扶起来,说:"没事吧?"

我感觉脚在痛,有如虫噬。"脚扭了。"我沮丧地说。

林灿二话不说,扶着我的手臂慢慢向前挪步。

"你自己跑吧,我估计不行了,还有一圈,我跑不动了。"我说着,要摆脱他的手。

"我们一起跑完,只剩一圈而已,都跑了那么久,不能放弃。"林灿眼神坚毅。

见他坚持,我也不再放弃,我们居然超过了最前面那个快到终点突然就呕吐不止,停步不前的男生,我们俩意外地得了并列第一。

赛场上一片欢呼,老师更是眉开眼笑,我和林灿对视一眼,一笑泯恩仇。

五

男生间的友谊是在互助中自然而然地建立起来的,我们谁也没有感到尴尬。我很感激他，他的行动超出了我的认知范围。我总以为像他这样吊儿郎当的学生只会落井下石，只会使坏整人，没想到，他会让我如此感动。

我是有恩必报的人，对林灿的友好，谁都看得真切。大家逗我说："落入小豆丁的圈套了！"我说："小豆丁有大能量。"林灿坐在一旁笑，再不见那坏坏的模样。

熟悉后，我们俩常常在一起聊天。我们说天说地说未来，无所不聊。我才知道林灿也是前些年从农村转学过来的，只是他不爱学习，迷上了网络游戏。

"刚来时，我也想好好学习，让爸妈高兴，但现在读书真没什么用，会当老板才能挣钱……"原来林灿的爸爸是中专毕业的，就因为个子小，找工作不容易，后来生病了，单位又让他卷铺盖走人。林灿说了很多关于他爸爸的事，最后总结出两条：会挣钱才是正道，有个好身体就是本钱。他不爱学习，却天天锻炼身体，他还说，即使在网吧被人追，也能跑得快。

"可是挣钱也要有本事才行，我们现在就是在打基础。你经常泡在网吧里，浪费钱不说，还浪费时间……"我循循善诱地开导他，实在不希望他误入歧途。

可能林灿也很在乎与我的友谊，也可能我的话他听后觉得有几分道理，不管哪个原因，我都很高兴，因为我们在一起后，他渐渐地不再去网吧了。林灿还告诉我，初见面的那次，他买雪糕用的 10 元假钞是在网吧捡来的，以为我认不出来……说着，林灿的脸就红了。他要还我钱，我笑着拒绝了，他就请我到冷饮店，我吹着冷气，吃了一大杯冰激凌。

其实我早已原谅他了。我很喜欢和他相处的时光，我们天南地北地聊着天，无拘无束。我们约定好要做懂事的孩子，我们要认真学习，我们还有共同的梦想——成为大老板，挣很多很多的钱。

那这个夏天，我们就一起从卖雪糕开始吧，我向他发出了真诚的邀请。我们都知道，目标再大，也是从小事做起的。

你就是最好的自己

阳光下，我坦然、轻松地行走在大街小巷，白衬衣、牛仔裤、平板鞋，再加上清爽的短发，久违的感觉让我嘴角上扬。我知道自己重新找回了自我，也找回了快乐。其实，很多时候，你就是最好的自己，无须刻意为他人改变，做真实的自己，最好。

女儿的故事（节选）

梅子涵

我不再哇哇乱叫了。

现在是不管形势怎样严峻，我终于懂了，女儿在题目做不出的时候，你不能骂她，不能朝她吼叫。你一骂，一吼叫，她就更做不出了。你越是骂，越是吼叫，她就越是做不出，恶性循环。这一点，我其实老早就知道，但是我却仍旧要骂，要吼。不是一直这样，但是次数不少。是心里发急，是气，认为她不用功，这样怎么考得上好学校，这样考不上好学校的！

每当这个时候，她就泪流满面，黄豆大的泪珠滴滴答答，不知所措地看着我。我叫道："你看着我干什么！"她就只好不知所措地看着书，看着本子。我吼道："看着有什么用，做！"

她妈妈说："你像得了神经病一样，哇啦哇啦！"其实她有时候也哇啦哇啦的，否则梅思繁不会说"你们两个一起发神经"了。

有时，我还干脆动手打她两下。她妈妈说："神经病发啦？""神经病发了哦！"说时迟，那时快，她妈妈就冲上来保护她，背对着她，胸膛对着我，像革命先烈一样奋不顾身。"你神经病发啦！你神经病发了哦！"她妈妈这一点非常好，从来不动手打她两下，永远君子动口不动手。

梅思繁奶奶知道了，就骂我："你小时候读书有人这样骂你吗？小孩子读点儿书就不得了了，大惊小怪，你以后再打她，我就打你！"梅思繁的阿太（上海方言，曾祖母）也骂我："你小时候读书有人骂你吗？你还要打小人（上海方言，指小孩儿），我跟你讲，你要再打一下子小人，我就打你！"

阿太八十几岁了，她喜欢跟在人家后面起哄。

我说："你们懂什么！"

她们的确不懂现在小孩儿读书的难，形势的严峻。怎么可以和我们小时候比！我对她们说："你们不懂。"

奶奶说："你懂？"

阿太说："你懂？"

奶奶说："你就懂骂小人！"

阿太说："你就懂骂小人！"

奶奶说："你以后不许再骂她了知道吗？你以后再打她，我就对你不客气！"

阿太说："你以后不许再骂她了知道吗？你以后再打她，我就对你不客气！"

奶奶和阿太一唱一和，阿太像奶奶的跟屁虫一样。

我只好说："知道知道。"

梅思繁妈妈说："到时候又不知道了。"

我就说："你有时候不是也哇啦哇啦的！"

她说："总比你好。"

奶奶说："总比你好。"

阿太也说："总比你好！"

这是小学五年级再过两天就要进行毕业考的一个上午，这是一场"殊死决战"即将开始前的一个上午。真的是殊死决战：今年的考试又改革了，不是人人都可以考重点中学，而是必须在毕业考中拿到资格证才可以考。资格证数量有限，欢迎大家积极争取。这样就你死我活了。本来你死我活一次，现在是你死我活两次。本来是考中学的时候你死我活，现在是毕业考的时候就先要你死我活了。一直你死我活到最后你考取了重点中学或者没有考取重点中学。

这个上午，我又找了几道"行程问题"让她做。相向而行，同向而行；甲先行多少时间，乙在某地追上甲；甲的速度比乙快，甲到了 B 地又返回来，和乙在 C 地相遇；甲和乙在 C 地相遇，请问乙到 B 地还需走多少时间……头很容易搞昏。一道题就要好多分，错一道就完了。她在测验、考试、平时练习里头都搞昏过，我一直对她说，行程问题当心哦！经过反复做、一直做，她已经很熟练了，不大错了。但还得巩固和熟练，绝不能错！可是不知怎么搞的，这个上午，她却统统做错了。做好了，拿给我一看，统统都是错的，没有一道对！我说："怎么搞的，统统都错了！""怎么会统统都错的！""你是脑子有毛病吗，统统都错了！"……我气得简直不知道说什么好了，还有两天就要考了，她却统统做错了，做四道错四道……

我大吼大叫让她重新做，但是她看着我泪流满面。我又大吼大叫道："你做呀！看着我干什么？你做！"她低着头，笔在纸上举步维艰，黄豆大的泪珠滴滴答答落下来……

我拉开房门说："你给我出去吧……"就像有的老师气急败坏时要把学生赶出教室那样，我现在也气急败坏，就赶她出去。她说："爸爸，你让我到哪里去啊……"

我说你出去吧，出去吧。

她说爸爸你让我到哪里去啊……

这一整个上午，我在房里坐立不安、怒火万丈。我想："完蛋了、完蛋了，做四道错四道……这是怎么回事？这小孩儿大概是个笨蛋，没有药医的！"

我真的是有了点儿绝望的感觉。

到了 11 点多钟，我下楼去找她了。她站在一棵树下，地上是草丛，她泪水已擦干，但额上全是汗。天气已经是相当热了。

我说："走，回家去。"

这时我已经不再怒火万丈，而是基本心平气和了。

我倒了杯饮料给她喝。

我说:"繁繁,你重新做一遍,别急。"

结果她四道题统统做对了。

青春的出走仓促落幕

安宁

18岁那年,高考成绩悬而未决,在父母失望的巴掌还没有响亮地落下之前,我终于下定决心,离开这个物欲的城市。

我很快找了借口,从宠我的爷爷奶奶处骗到了一千元钱,而后收拾好行李,在父母都出去上班的空当里,踩着滚烫的水泥路,老鼠一样溜出了小区,又在提前侦察好的市郊马路边上拦住了一辆开往省城的巴士。这是一辆严重超载的汽车,我吊在半空手环上的身体,几乎是悬了空般,被一个个湿漉漉、黏糊糊的身体毫无尊严地碰来撞去。其中的一个中年男人,大约是太热,敞开了胸襟,用衣服不停地擦着汗,有那么几滴,还毫不客气地迸溅到了我的脸上。这是我第一次近观一个汗流浃背的男人的脊背,之前,待在有空调的房子里,出入又都有父亲的车接送,我从来不知道,原来天长日久,汗水也是可以如溪流一样在人的身上冲刷出一道道清晰的沟渠来的;只不过,这样的沟渠,既不赏心,亦不悦目,甚至每次看到,视线都会被火烧了似的迅疾地跳开去。

我尽力将身体朝后仰过去,没想到,汽车一个急减速,我像块黏性上佳的口香糖,一下粘在这个男人的身上。重新站稳的时候,我的脸上、T恤上全是腥味十足的汗液，当然，不是我的，而是从对面男人身上揩下来的。那一刻的我，猴子一样气急败坏地朝这个对着我的窘相哈哈大笑的男人吼道："你以为自己身上的汗是香水做成的吗？"男人在周围人的视线里终于忍住了笑，将胖乎乎的脑袋凑过来，嬉笑道："第一次挤车，不习惯吧，没事，省城人更多，你会慢慢适应的。"

若是在从前，有父母的光环护佑着，我定会将这个不顺眼的男人吼骂上几句，但在这样憋闷逼仄、施不开拳脚的汽车里，我只能恶狠狠地瞪他两眼，而后将视线转到窗外去。鼻孔已经被一股子臭袜子的味道给堵塞了，眼睛还是清洁一点，不要再被面前这个恶俗的男人给挡住了风景。可是他的嘴巴却在我的耳边炸弹似的喋喋不休地说着。神情依旧是嬉笑着，又时不时地故意碰我一下，还厚着脸皮朝我赔罪："这次多向你说声对不起，要不，待会儿你又得嫌我聒噪了。"

我终于忍不住了，努力地将身体转过去，朝向一个看上去比那男人顺眼多的年轻人。为了显示我的骄傲和对他的鄙夷，我主动与年轻人搭起讪来。但这人明显有些寡言，说了不过两句，彼此就没了话，反倒是身后的男人，又凑过脑袋来，笑道："嘿，小家伙，去省城干什么？"我终于在他这句打探隐私的问话里厌烦了，努力地、毅然地擦着这个男人肉乎乎的身体朝前面挤去。我在司机的旁边最终站定的时候，再一次听见他将我的耳膜震破似的笑声。

颠簸了将近三个小时才抵达省城。那个年轻人在车门打开后，啪地撞我一下，在我还没有反应过来的时候，又被撞了一下，只不过这次是一路惹我烦厌的那个男人。我刚要与他吵嚷，却猛然发觉书包被打开了一条缝隙。再抬头，最初撞我的年轻人早已不见了踪影，而他，却笑嘻嘻地站在炽热的阳光下，抱着臂膀，扇着衬衣，等我下车。

知道是他一路的絮叨烦走了我，才没有让那个年轻人偷窃成功，但还是无法对他生出感激。一直以来，因了父母的缘故，我认识的都是体面、时尚的人，像他这样举止粗鄙的人还是第一次接触，所以心内不免就生出戒备，怕冷不防就被他给利用了。

但他却像块被嚼烂了的口香糖,结实地粘在我的屁股后面。他显然看出一脸满不在乎的我其实是第一次到省城来。而之所以一个人,大约是离家出走或者逃学出来的。在车水马龙的路上漫无目的地走了十几分钟,一回头,看见他依然不紧不慢地跟着,我终于急了,朝他吼:"你究竟想劫财还是劫人?"他嘿嘿一笑,弹弹手上的烟灰,道:"你这样走上一天,也找不到活儿做,如果愿意,我可以介绍你去几个地方,当然,不是白白介绍,你需要付我一笔小费。"

想要拒绝,但转念一想,如果花一点儿钱真能找到一份如意的工作,也不枉与他相遇的缘分;况且,在这个陌生的城市里,我一个人的力量终究是有些单薄,或许钱花光了,也无法寻到一份合适的工作。于是表情微微缓和,与他讨价还价,最终敲定如果工作满意,我愿意付他80元小费。

他先领我去了一家书店,但不过是几句问话,老板就以我对时下畅销书籍了解不多为由将我拒绝。之后两人又辗转去了饭店、酒吧、超市、音像店,但都没有成功。要么说我没有经验,要么嫌我学历太低,要么笑我孤陋寡闻,要么讽我还未断奶。

我终于失了信心,买了两个面包,坐在吵嚷的超市旁边,无滋无味地吃着。夏日的蝉鸣聒噪地泼洒下来,将我心底的信念搅得如同奔波中湿透了的名牌T恤那样,皱缩成一块难堪的抹布。

他叹口气,说:"算我看走了眼,以为你的强硬是表里如一,看人,不仅得瞪大了眼睛,还要能穿透皮囊,看到里面的心才行。"

我的脸,在他说完这句话后倏地红了。

原本以为自己离开了校园便能驰骋天下,孰料青春的第一次出走,却因分不清人的好坏,看不到自己不堪一击的内里,败给一个陌生的路人。

而这样仓促落幕的出逃,终于让狂傲不羁的我开始回头,懂得如何走上青春的正轨。

青春就是一场场的考试

李耿源

没有上过大学，没有读过高中，一直以来是我心头的痛。

我初中的学习成绩不好，由于自卑，中考时只填报了一所农业中专。虽然揭榜时成绩比市重点高中分数线高出 6 分，但也只能与高中失之交臂。后来索性连中专也没去读。

我在家里干了一年农活后，17 岁便进城务工，在一家公司做业务员。同事们投来的是歧视的目光，因为我是农业户口。

为什么不少同事一样都是来自农村，他们却是城里户口？原来他们都读了大学。那时候，一上大学自然就转了户口。

那一刻，我才知道上大学有这样的实际利益。我想得很天真，只要能考上一所最差的大学，把户口转一下就成。我便报名参加了业余高中班的学习。公司在城郊，我每天晚上骑自行车进城上夜校。这一骑就是两年。

夜校高中读完后，我报名参加高考。可看到考卷就像看天书。第二年，又去考了一次。我不是天才，当然不会有奇迹发生。

这时，是农业户口还是非农户口已经不再重要，甚至有许多家在农村的大学毕业生因一时找不到工作，想把户口转成原来的农业户口却转不回去了。但是，当我离开原来单位，再到其他单位应聘管理人员岗位时，大专以上文凭已成为必要条件。我便去参加全国成人高考，被一所成人高校录取为函授生。读了三年拿到大专文凭，可这样的文凭那时已经被人认为"不硬"了。许多人都说，除非名牌大学，要不自考文凭最硬！

我终于明白，大学文凭不是成功的关键，但没有大学文凭，连跑龙套的资格都没有。于是我狠下一条心，自考，选了中文专业。

20世纪90年代，我几乎都在考试。这种真刀真枪的考试，一考才知自己的底子真是太差了。古代文学作品选，考了四次都没过关；外国文学，考了六次。夜夜挑灯，屡败屡战。我的青春，就是一场场的考试。十年的考试，终于拿到大专自考毕业证书，我喜极而泣。感谢自考，也正因为这十年，让我真正把自己埋在书里，读了许多中外文学名著，也因此喜欢上了写作，并成了一名文字工作者。

过后，我又参加了本科段的自考。脑袋终于开窍了好多，有考即过，十几门课程两年半就全部过关。

有人说，是文字改变了人生。我觉得，是学习改变了人生。因为读书与学习，让我这个有点儿傻气的农村娃在城里找到了一份喜欢的工作，也让我在业余时间更加痴迷于写作。我在一些报刊开了专栏，成了几本畅销期刊的签约作者，几乎每天在百度上都能搜到我新发表或新被转载的作品。

前两天，当一位向我约稿的编辑问我毕业于何所大学时，我很坦然地回答她，不再窘迫。

当看到一些学生因高考落榜而愁眉苦脸时，我想跟他们说的是，能考上大学固然好，因为高校有最优质的教育资源，为学生获取知识创造了捷径。但我的体会是，高考与上大学并不是人生的唯一，只有学习才是任何时候都不能放下的。如果没有考上大学，不必感到人生灰暗，社会上一样有许多获取大学文凭的渠道。既然大学文凭不是成功的关键，只是获取跑龙套的资格，那就不一定非得到校园里去领取不可。

因为青春原本就是一场场的考试，在哪里考都一样！

当菜农的 60 天

墨冉

那年中考,我考出了全镇最好的成绩,顺利地进入城里读高中。

记得那天,老爸破天荒地喝了个大醉,嘴里直嚷着"这小子给俺长脸了"。送我去城里读书的路上,一向沉默寡言的老爸不停地唠叨着,无外乎就是"别惦记着家里,好好读书""多吃点儿,吃好点儿",我点头应付,心却早已飞到了那个叫"城市"的地方。

到了城里,虽然林立的高楼、繁华的街区带给我的是从未有过的惊喜,但我知道自己背负的责任很重。一个农村娃跻身城里读书,对于乡下人来说本身就是一种荣耀,我也特别珍惜这个机会。

在班里,我该是非常勤奋的学生之一。周围的目光从最初的不屑、嫌弃到后来的欣赏、赞誉,我明白这是努力后的回报,偶尔心里也会涌起一种骄傲的情愫。

苦读三年后,等来的是我生命中最严厉的考核。未曾想,命运却和我开了一个天大的玩笑,高考那天我竟然发起高烧。我混混沌沌地走进考场,望着考卷上的试题,极力晃动脑子,无奈却是空白一片。我知道,三年的努力付之东流,泪水在那一刻肆无忌惮地涌出。

高考的意外失利，给了我致命的重创。我独自黯然回到乡下老家，沮丧失落，不想见任何人。老爸没说话，只是让我复读，我倔强地摇了摇头。

　　自家的院子前有一大块菜园，老爸成天在那忙得汗流浃背，似乎没有一刻闲的时候。看我整天情绪低落，心情郁闷，老爸便提出让我帮忙，无所事事的我答应了。我想，种菜该是最简单不过的事了，何以这么辛苦？

　　"爸，空气、水、加上阳光的光合作用，就是绿色蔬菜最佳的养分，您根本用不着这么辛苦，天天候着啊。"在老爸面前，我可以自傲地卖弄起自己所学的知识。老爸只是笑笑，没有说话，当即用锄头划出一小块地，给我种子让我尝试做一回菜农。我很自信，如此小事，于我根本不在话下。

　　学着老爸的样子，我也有模有样地管理起自己的那块方寸之地。松土、撒种、浇水，然后就是静静地等待。那段时间，"守园"成了我每天的必修课。每一次浇水，我都会近距离很仔细地观察菜地是否有动静，哪怕仅是微小的变化亦会让我欣喜。终于，多日的辛劳换来了"小荷才露尖尖角"的那一刻。开心之余，我很得意地向父亲展示自己的劳动成果。父亲只是笑笑，仍是不语。不承想，几天后，一场突如其来的滂沱大雨给菜园带来了毁灭性的打击。看着一片瘫倒在泥水中的嫩芽，我心痛得直流泪。"没事，咱们重新再来！"老爸笑着递上种子，用力拍拍我。再次播种、浇水，依旧是静静地候着。只是这次我多了一个心眼，用一块塑料严严实实地罩住整块地，以防暴雨的再次袭击。可暴雨过后，温度的急剧升高却让我始料未及，第二次的尝试仍以失败告终。沮丧、失望再次冲击我的心房。我想放弃了！

　　"别放弃！重新再来！老天爷就是这样变脸快，你要学会如何去应对。"老爸再次递上种子。有了前两次的前车之鉴，再加上向老爸的虚心请教，这一次的种菜过程似乎顺利了许多，浇水、除草、捉虫，每一件事我都尽心去做，终于迎来了菜园绿油油的美景。

　　当菜农的60天让我明白，人的一生总会遇到各种失败与挫折，不要轻易放弃，重新再来，成功就一定属于你！

　　重新回到学校后，我以全新饱满的热情全力投入学习中。第二年的高考，我以优异成绩考入重点大学。

你就是最好的自己

雷碧玉

小时候，爸妈工作忙，就把我送到乡下外婆家。外婆家有一个很大的院子，勤劳的外婆每天就在自家的菜园子里忙碌，根本无暇顾及我。我也乐得像断了线的风筝，经常和一群村里的野小子玩得忘记了回家的时间，小溪里摸虾，田里抓青蛙，树上掏鸟窝……只要是野小子能做的，我样样不落。

看着我做这些，外婆急得直跺脚："亏得你妈还给你起个好听的名字，怎么就像假小子一样顽皮呢！"

因为出生在春天，妈妈便给我起了一个好听的名字，叫春莲，希望我像莲花一样美丽。可没想到事与愿违，成天在乡间摸爬滚打，风吹日晒，硬是将我晒成了皮肤黝黑的"假小子"。从此，"黑妮""丑妞"便成了我的代名词。

长大了，我回到城里读书。在一堆身着漂亮花裙、头扎粉色蝴蝶结的女孩堆里，短寸头、T恤、牛仔裤，再加上黝黑的脸庞、一口的闽南腔，我显得如此格格不入。在旁人异样的目光中，我默默地低下了头。

随着年龄的增大，我渐渐懂得了美与丑的含义，"自卑"的字眼深深地刻在了自己的脸上。我不敢结交朋友，只能将自己深埋在书海里，在一次又一次的考试中赢得众人艳羡的目光，让自己失落的心得到短暂的安慰。

高考时，我以超出一本线50分的成绩进了重点大学。校园里，到处长发飘飘、长裙盈盈，我满心羡慕。也曾想过改变自己，可我明了，以自己的肤色和身材，再精心打扮也会让人不屑一顾，索性依旧以"假小子"装扮示人。

同宿舍的筱敏，温婉可人，模样清秀，每次出去游玩总有同学护送回来，我向往有一天，自己也能这样得宠。可没想到，几个舍友总是很"友好"地安慰我，不用担心，长得安全的我会让色狼敬而远之的。每每听罢，内心的酸楚不言而喻。

虽然我没有让自己骄傲的资本，但是我的善良和恬静也让大家喜欢上我。只要有事，他们总会在第一时间想到我，我亦乐于有这样的机会。和舍友上街，我的素颜更衬出了她们姣好的妆容，喜得她们就想挽着我的手；短发、衬衫、牛仔裤，再加上平板鞋，潇洒的假小子装扮也让我拥有了众多的铁哥们。闲暇时，我便独自躲在宿舍里潜心读书，默默写字。每当在报刊上看见自己的名字时，内心便涌起一种无法用语言述说的欣喜。

第一次，有同学在课堂上大声朗读我发表的散文，那些落在我身上的目光简直可以叫"惊艳"，我骄傲地迎着这些善意的目光，心里暖暖的。

我永远记得那个春日的早晨，一位同学对我说："其实，你很温柔！"我顿时愣住了，有种想哭的感觉。天知道，我一直觉得"温柔"一词与我差着十万八千里，只是没想到，今天它居然落在了我的身上。我暗暗使劲地捏了捏自己的大腿，很疼，可我的脸上却漾起了幸福的笑容。

于是，我下决心改变我自己。前所未有，第一次，我主动拉上舍友帮我参谋买裙装。在那一片诧异的目光中，我羞红地低下了头。

温馨的时光一天天过去，我也一改往日的模样，性格不再大大咧咧，走路不再风风火火，连头发也开始悄悄留长……然而，在这些旁人欣喜的变化中，我的内心却有一种说不清道不明的情愫。刻意改变的背后却是陌生的自己，这让我的心里有一种浅浅的失落感。

"你就是最好的自己，不要刻意为他人改变，那不是真实的你。"内心的声音让我释怀，那一刻我笑颜如花。

　　阳光下，我坦然、轻松地行走在大街小巷，白衬衣、牛仔裤、平板鞋，再加上清爽的短发，久违的感觉让我嘴角上扬。我知道自己重新找回了自我，也找回了快乐。

　　其实，很多时候，你就是最好的自己，无须刻意为他人改变，做真实的自己，最好。

梦想从来不卑微

在这个流光溢彩的城市中,他们无疑是挣扎在社会底层的小人物,重度的身体残障更是给他的生活刻上了卑微的烙印。但是,这个世界有卑微的人,却从来没有卑微的梦想。每一个不同寻常的梦想,都有着不为常人所知的力量,给不如意的现实生活带来无穷的希望。

打拳女孩

小家碧玉

有这样一位女孩,凭着坚韧的毅力,一路过关斩将,一共获得了 20 个世界冠军的头衔,让所有人对她钦佩不已。

她,就是年仅 16 岁,来自美国的华裔女孩田妤倩。

田妤倩出生在美国芝加哥,妈妈是中国人。小时候,她总被同学欺负。为了避免她再受伤害,学会保护自己,妈妈将 6 岁的她送进了跆拳道学校,从此她和跆拳道结下了不解之缘。

换上白衣白裤,腰间系上一条白带,田妤倩第一次走进了场馆。旋转踢、翻转踢、前空翻……如此酷炫的腿法看得她目瞪口呆。那一刻,她情不自禁地爱上了"跆拳道"这项帅到极致的运动。

"跆拳道,看着酷,练得苦",教练仿佛看穿了她的心思。她却不以为然,不就是踢踢腿、冲冲拳嘛。然而,让她没有想到的是,跆拳道的训练是如此苦不堪言。

"打沙包",这是训练中最基本的动作。才打了几拳,小手就红肿得抬不起来,疼得她眼泪汪汪;才结束打拳,就开始练习压腿,这是用腿说话的跆拳道学员的每日必修课。当老师用手按着她的肩膀,狠狠往下压的时候，韧带就像要断了一样，疼得她龇牙咧嘴，泪水涟涟。

随后几天，她情绪低落，心情沮丧，开始抵触训练。看到她消极的状态，教练厉声说道："跆拳道是很酷，但你知道吗？这光鲜亮丽的背后付出的是无数的努力和汗水，没有坚韧意志力的人是不可能坚持到底的。"听了教练的话，好倩终于明白，这所谓的"酷"是"苦"出来的。从此，她开始用心去体会这样的"苦"。

跆拳道被称为是"踢"的艺术，是以脚法为主的功夫。"横踢""后踢""侧踢""勾踢"，力求稳、准、狠。训练时，必须赤脚进行。为了锻炼脚面的抗打力和忍耐度，也为了更好地锻炼脚踝的爆发力，田好倩每天不停地用脚面去踢靶子，那清脆的啪啪声，一声又一声，钻心地疼在心里。因为长时间的赤脚训练，她的脚上经常会磨破皮，长出老茧。每到下课时，全身酸痛的她走在回家的路上，每走一步就如同安徒生童话里的美人鱼一样，有一种仿佛行走在刀尖上的感觉。

看着女儿身上的伤疤，妈妈心疼万分，一度想阻止她训练。可倔强的她摇摇头，说自己的梦想是当一名世界冠军。就这样，无论酷暑寒冬、刮风下雨，田好倩都风雨无阻地出现在场馆。在这里，一招一式，一拳一脚，她尽情地挥洒着汗水和泪水，不断地重复着枯燥的训练；一次次的摔倒，一次次的疼痛，但她一次又一次地坚持下来，她很享受疼痛后带来的快感。

功夫不负有心人，付出的努力终有回报。9岁时，田好倩拿到了跆拳道黑带，并多次获得麻省与美东地区的冠军。11岁，她开始练空手道，并获得了她的第一个世界冠军。从此，一发不可收拾，在2016年暑期，已经夺得过17个世界级跆拳道与空手道冠军奖杯的田好倩，又在"全美跆拳道协会世界锦标赛"中夺得了三枚世界冠军奖牌，成为国际拳坛上的佳话。

唯有具备坚韧意志力的人才能够坚持到底，取得最后的成功。田好倩，这位漂亮女孩，为我们诠释了成功的真正含义。

脆弱肢体坚强心

小家碧玉

收到湖南中医药高等专科学校录取通知书的那一刻，刘儒珍再也忍不住喜极而泣。12年漫长的求学路，各种辛酸与艰难只有自己最能体会。如今，刘儒珍和同学们一起在大学里快乐地学习和生活。

刘儒珍，出生在湖南宁乡县，乡邻们都喜欢喊她"珍珍"。珍珍是个苦命的孩子，一出生就被亲生父亲抛弃，后被好心的养父收养。在她刚懂事的时候，她不明白为什么父亲总不让她和伙伴玩，怎么闹都无济于事，只能趴在父亲的背上静静地看着。后来的多次摔倒骨折，她才明白父亲的"狠心"。医生的一纸"先天性重度脆骨症"的诊断让这个可怜的女孩从此陷入疼痛的世界中，也因为这目前尚无法治愈的病阻止了珍珍的发育和生长。

那年珍珍7岁，看着伙伴一个个背着小书包去上学，珍珍也缠着父亲说她想上学。父亲为难地看着珍珍的双腿，那双不知骨折过多少次的腿，此刻静静地蜷缩着。珍珍让父亲别担心，自己爬也能爬到学校。父亲叹了口气，点点头。从此，一个特殊的伙伴陪着珍珍开始了漫长的求学路，这一陪就是12年。这个伙伴就是一张特制的小板凳，四条腿用铁皮固定，稳固而坚硬，一如珍珍坚硬顽强的性格。

身高不足一米的珍珍每天"坐"在铁皮板凳上，以凳代步，一步一步地向前挪，很艰难地"走"着，一路前行，一路艰辛。不足百米的路程对普通人来说简直是易如反掌，而对珍珍来说，那是一种艰难的考验，甚至可以说是煎熬。这个可怜的女孩太脆弱了，脆弱得简直不堪一击。稍不小心，整个人便会摔倒，四肢骨折。一次，因为雨天路滑，在一个拐弯处，珍珍脚踩不稳，整个人的重心失控，侧翻在地，动弹不得。被人发现后送到医院，接完骨头，她硬是忍着痛，由闻讯赶来的父亲抱着坚持到校上课。珍珍说，从出生到现在，她已经骨折了六十多次，骨折——接骨——再骨折——再接骨，无数次的循环，这痛彻心扉的无助感觉已成了珍珍童年时代最刻骨铭心的记忆，而这种痛她早已坦然接受。

"放弃吧，孩子。"养父不忍心孩子这般辛苦。然而骨子里的不服输一直支撑着珍珍，她坚定地摇摇头。她知道，虽然自己的双腿不能行走，但是在知识的海洋里她却能自由地畅游前行。在她的脸上从未流露出痛苦失望和埋怨，更多的是感恩和快乐的笑容。

因为怕迟到，身体不便的珍珍总是比别人起得早，这样才可以按时到校。每当晨曦微露，珍珍就与她的伙伴"铁皮板凳"一同出发了。读书的日子对珍珍来说既是幸福的，也是痛苦的。一次下课后，珍珍尿急，脸憋得通红，同学秀秀看在眼里，赶紧抱着她去厕所。从此，懂事的珍珍迫使自己一整天尽量少喝水、少喝汤，吃没有咸味的菜，这样就可以减少如厕的次数，减轻同学们的负担。

珍珍心里有个梦想，当个心理咨询师，帮人排忧解难。为此，她努力着，坚持着。她坚信，虽然自己的身体脆弱，但自己要奋斗的梦想绝不会像玻璃那样一碰即碎。她珍惜每一次的学习机会，在课堂上总是认真地听课做笔记，遇到不懂的地方画上红圈，下课就找老师同学虚心请教。因为行动不便，每当同学们在操场快乐游玩时，珍珍总是安静地在教室读书、写作业。

夜晚，昏黄的灯下是珍珍苦心读书的影子。每天的长时间端坐让珍珍全身酸痛无比，她甚至连伸懒腰这么简单的事都不敢做，生怕骨折影响第二天的上课。腰酸了她就拿枕头顶在腰部，困了累了就趴一会，常常读到深夜才休息。她的努力最终得到了回报,在 2014 年的高考中,珍珍被湖南中医药高等专科学校录取。

虽是脆弱肢体,却没有摧毁刘儒珍坚韧的内心,她用坚强活出精彩,活出了自己别样的人生。

一生与蝈蝈打交道的工匠

王白石

在一次广交会上,河南老艺人秦三杰的参展作品绢蝈蝈获得了手工艺品金奖,随身带来的近两百只绢蝈蝈被外商抢购一空。一位台商误将绢蝈蝈当作真的,便用手去抓,得知真相后,直呼不可思议。这些与众不同的绢蝈蝈是享誉中外,有着近四百年技艺历史的"秦氏绢艺"第十一代传承人秦三杰的独门手艺。

1921年,秦三杰出生在河南,这里的祖辈们为了生计,练就了用绢布制作工艺品的绝活"秦氏绢艺"。

小时候的秦三杰天资聪明,很喜欢涂鸦,对于那些可爱的小动物更是喜欢,尤其对蝈蝈情有独钟。寥寥几笔,那些小动物在他笔下居然也活灵活现,有模有样。小小年纪就表现出的过人天赋让父亲颇为高兴,最终将他定为"秦氏绢艺"的接班人。

秦三杰9岁那年,为了更扎实地学好绢艺这门技艺,他师从民间艺人,从基本的绘画和雕塑开始学起。到了学绢艺时,秦三杰更是达到了废寝忘食的地步。平日里,剪刀、绢和布料从不离身,只要得空就开始折腾。慢慢地,他开始掌握了绢艺的基本技法,从洗绢、连压、上胶,再到绢刻、串联、成装……如此烦琐的工序，他亦做得井然有序。

闲暇时，秦三杰常常会想，秦家的每一代人都有自己独有的绝活，而到自己手上该拿什么出手呢？由此，他想到了自己最喜爱的蝈蝈。选择它，皆因其吉祥如意的寓意，他希望自己制作的绢蝈蝈可以给人们带来快乐。只是他没有想到，和他打交道的这只小昆虫日后会成为他享誉世界的"秦氏绢艺"的看家宝。

当第一只自认为不错的绢蝈蝈出品时，秦三杰遭到了父亲的狠批，造型粗糙，缺少灵性。为此，他闭门思过，潜心研究。为了更细致地了解蝈蝈的习性，掌握其复杂的身体结构，使制作出的蝈蝈形态逼真、栩栩如生，秦三杰与不计其数的蝈蝈打过交道。在他家的院子里，挂着上百只他从田里捉来的蝈蝈，只要一有空，他就站在蝈蝈笼子前，仔细观察，用心记忆。时间一长，蝈蝈的任何微小反应他都了如指掌。

越是近距离地与蝈蝈打交道，越是让秦三杰从心底里爱上它。为了蝈蝈，他真是拼了，竟然独自去云南考察了四年。在西双版纳，他认识了数种不同颜色、不同种类的蝈蝈，而这些都为他日后做绢蝈蝈们打下了坚实的基础。

要制成一只完整的绢蝈蝈并不简单，需要经过一百多道工序，耗时20天。而且绢艺使用的绢非常讲究，一只绢蝈蝈通常由6种绢制成，须、头部、身体、翅膀、腿等部位的材质各不相同。为了制作蝈蝈的一根须，秦三杰通常要忙活40道工序。光一根腿上的刺儿，就要一丝一丝排上两三天的时间。他说："不同的蝈蝈有着不同的须，有觅食的、备战的、喝水的、休息的，都要精益求精，一点儿都马虎不得。"

正是这种精益求精的精神，让秦三杰大半辈子都在精雕细琢，他制作的绢蝈蝈可谓出神入化，神似到"似真非真强似真"的境界。2007年2月，"秦氏绢艺"被正式列入河南省首批非物质文化遗产名录。秦三杰，这位一生都与蝈蝈打交道的老工匠，以"精雕细琢、精益求精"向我们完美地诠释了真正的工匠精神。

卑微碎片里的蒙太奇生命

静若秋水

史蒂文是来自美国加利福尼亚州圣塔柯斯小镇的一位青年,他的父亲爱好摄影,拍摄了无数的摄影作品。小时候,史蒂文惊喜地发现,那些看似很普通的大自然风光,在父亲的镜头里却是一幅幅美丽的画卷,犹如一件件精美的艺术品。耳濡目染中,史蒂文也喜欢上了摄影。在他看来,自然界的美妙风景和生活中的琐碎瞬间在镜头前就是一个个动人的故事,就是一幅幅生活场景的美丽画卷。

虽说史蒂文的摄影作品并不差,但是他每次去各大影楼应聘工作都被无情拒绝。只因他的身材矮小,穿着邋遢,而且右脚有些残疾,全然没有艺术家的范儿。应聘的屡屡失败,令史蒂文非常沮丧。

一天,他看到广告,电视台要举办一个摄影时装大赛,而且奖金丰厚,一等奖是50万美金,并且冠军得主可以签约电视台做职业摄影师。他兴冲冲地赶去报名,面对的却是别人的嘲笑和蔑视:"如此小丑模样,还敢来献丑。"听着这些伤人的话语,史蒂文默默地转了头。

失落的史蒂文漫无目的地走在街上,走着走着,他发现自己的鞋子脱胶了,于是他拐进了街边的修鞋摊。在和修鞋老头的聊天中,他惊讶地发现,这条小街上都是一些生活在底层的劳动者，靠着缝缝补补类的工作养活自己。虽然他们衣着没有那么光鲜，但是打扮却有各自的风格。于是，他问老头一天可以挣多少钱。老头笑着说："20美元左右，每天都不固定，但是没关系，可以一点一点累积。"老人的话让史蒂文有些感动，生活上虽然卑微，却没有让他们自卑，他们坦然自信，每天重复着那些缝缝补补的动作，只为一点一点累积，让家人生活得更好。

一连几个晚上，史蒂文都在想着摄影大赛的事，他对自己说一定要拿出好作品，向嘲笑他的人证明自己。他要让看到作品的人被他的作品吸引，而忘记他的容貌。但是如何才能拍摄出独特的、让人眼前一亮的好作品呢？史蒂文苦思冥想。突然，他的脑海里一个念头闪过，下午修鞋老人的一句"一点一点累积"让他茅塞顿开。他想，我何不拍些自食其力的底层人物，将他们的穿着打扮拍摄下来，然后洗印到麻布衣料上，做成破旧的外衣，这样独特另类的作品一定会吸引人的眼球。想到这儿，他暗暗为自己的想法叫好。第二天，他背起相机，早早地来到了那条小街上。他没有想到，小街上的人都那么热心，在镜头前开心地摆着各种姿势。

一个月后，摄影时装大赛终于开赛了。参赛的选手一个个展示他们精心拍摄的作品。史蒂文坐在台下，静静地等待，边上不时还有人对他指指点点，说他是痴人说梦。可等到史蒂文的时装摄影作品出来时，场下所有的观众都怔住了。那一件件麻布外衣上，居然是各种风格的人物形象，有微笑的、流泪的，有安静的、沉思的，有修鞋的、补衣的……这些独特的作品打动了观众和评委，最后史蒂文拿到了这次摄影时装大赛的金奖。

手捧奖杯的那一刻，他流泪了。他说："生命幸福的真谛，不在于它外表的光鲜亮丽，而是当我们用眼睛和心灵去剪辑拼凑那些卑微的生活片段，时间将它们凝缩一起时，居然也可以如此美丽。所以，艺术的价值，就是要还原和呈现那些逝去的卑微碎片的美丽！"

一席话，台下掌声四起……

梦想从来不卑微

李红都

他的噩梦从 3 岁那年开始的。

那天，母亲终于从亲友们"贵人行迟"的安慰声中省悟过来，抱着浑身瘫软的他坐上火车直奔省城的儿科医院。大夫无情的诊断打碎了母亲最后一丝希望："重度脑瘫，像这种情况目前尚无康复的前例。"母亲抱着他，哭了个天昏地暗。

父亲说："把他送福利院吧，我们再生一个。"母亲不依，为此父亲和她翻了脸，一纸离婚证，从此与她成了陌路。

为了照顾他的生活，并有足够时间带他看病，母亲辞去了工作，带他住进了福利院。好心的院长在福利院后勤部给她安排了份洗衣、做饭的工作，让她得以边工作边照顾他。

他 8 岁那年，终于站了起来，但他的四肢并不听从大脑的指挥：他的十指痉挛地扭曲着不能并拢，腿也笨拙得迈不出直线，用"张牙舞爪"来形容他走路的样子倒真有些生动形象……虽然走路的样子不雅观，但总算能独自站立行走了，母亲多少感到一丝欣慰。只是，他的情况太特殊，尽管早已过了上学的年龄，却没有一家学校愿意接收他。

母亲找来别的小孩子用过的小学课本,用有限的文化教他学习拼音和汉字。他歪着脸袋口齿不清地叫她:"老——师——"母亲看着他明亮的眼眸,笑成了一朵花,转过身,却飞速地用手背擦去眼角溢出来的泪花。

18岁那年,县残联推荐他和另外几位重度残疾人参加市残联举办的残疾人职业技能培训班。到校报到的那天,一位老师正在电脑上熟练地操作平面设计的软件,首次接触电脑的他,一下子被电脑中变幻莫测又精美异常的图案迷住了。

他决心学习软件知识,便报名参加了电脑初级班的学习。教室里,辅导他的老师甚至有些不忍心看他,因为他的双手严重扭曲,每在电脑上敲打一个字,全身都要跟着一起使劲。尝试了多次,他依然不能像常人一样将十指准确地放在键盘上完成盲打的训练,他只好用两个大拇指轮流击打键盘,艰难地完成打字训练。

电脑班结业后,他开始想办法用有限的电脑知识找工作,但是,面对他这样一个路都走不稳、手指也不灵活的重残者,没有单位敢接收。看着镜子里的自己唇上已长出细密的"绒毛",却仍然需要头发已变得花白的母亲在福利院给人洗衣、做饭赚到的几百元工资生存,他恨自己没用,拖累了母亲。

他想死。母亲说:"我现在除了你,什么也没有了,你要是死了,我也不想活了。"他拉着母亲的手,号啕大哭。

哭过后,他做出了一个决定:"既然没人要咱,咱就自个儿给自个儿打工。"

母亲吓了一跳,摸了摸他的头,不是发烧了吧?

他忍着泪,拼命调整好不听话的表情肌,给了母亲一个微笑……

捧起一位好心人送的《Photoshop CS 教材》,他在别人淘汰下来的电脑上一点点地摸索。

一年后,他已能用"二指禅"熟练地在电脑上设计各类平面广告,他对设计近乎痴迷的热爱打动了每一位认识他的人。母亲也动心了——也许行动不便的他真的适合走这条路呢。

在母亲拼尽全力的努力和社会上几位爱心人士的帮助下，一家小小的广告公司成立了。他是老板，也是员工。不懂电脑的母亲，是他的业务联系人，同时也是他的保姆，照顾他的生活起居。在这间租来的民房改造成的小公司中，临街的那间"门面房"就是他的"经理办公室"，里面的一间是他和母亲的卧室兼厨房。

由于身体的残障加上他与社会接触面的局限，生意很冷清，常来光临的客户多是周围了解并同情他们母子的居民。

空闲时候，他最喜欢的事便是和母亲一起憧憬未来：他的业务在不断发展，有足够的财力雇佣多名员工将公司做大做强；一位心地善良的好姑娘在人生路上成为他的伴侣，带着对他的理解和爱，辅助他成就更大的事业，他们将买下一套不大也不小的房子容纳他们纯美的爱情；母亲终于苦尽甘来，凭着他的打拼，像城市里那些有钱的贵妇人一样，穿着漂亮时尚的衣裳，戴着珠宝项链，想去哪儿就去哪儿，想买什么都买得起……

母亲疼爱地看着他，笑而不语。曾经，她以为他能走路、能自己吃饭、能依靠她微薄的薪水生存下去，她便已感到欣慰。不承想，他居然能用这么严重的残疾之躯走上自强自立的路。在母亲心中，无论他是怎样的残疾，他都是她心里最棒的孩子。

两年后，他的业务水平日渐完善，但生意仍然时好时差，生活仅够维持简朴的日常生活。

在这个流光溢彩的城市中，他们无疑是挣扎在社会底层的小人物，重度的身体残障更是给他的生活刻上了卑微的烙印。但是，这个世界有卑微的人，却从来没有卑微的梦想。每一个不同寻常的梦想，都有着不为常人所知的力量，给不如意的现实生活带来无穷的希望。

或许，他的梦想只能停留在幻想的美好世界中，但那又有什么关系？因为正是那些可能一生也实现不了的梦想，才让他有了拼搏的力量，带着回报母爱的心愿，一步一步艰难却执着地在行走在人生的道路上。

巧用盐巴建餐厅

筱蕾

某日,伊朗小伙马里在网上发了帖子《别舔我!真的很咸!》引起了众人的好奇。他在帖里叙述了自己在特色的"盐巴餐厅"就餐时的惊喜,并配上了几张精美的餐厅照片。末了,马里还开玩笑地说,如果你吃着吃着,突然感觉菜咸了,那一定是墙灰掉了⋯⋯

很快,这家位于伊朗设拉子市的"盐巴餐厅"火了,人们慕名而来,想亲自"舔一舔"这家餐厅的咸味,体会一下身处盐厅就餐时的美妙。面对人们的啧啧称赞,餐厅的老板哈赛姆笑了。他知道,自己的成功缘于自己不懈的坚持。

2008年,哈赛姆随家人来到美丽的设拉子市。刚开始,没有技术的哈赛姆什么活都干,送货、搬运、快递⋯⋯几年后,哈赛姆有了一些积蓄,他不甘心这样一辈子替人打工,想尝试自己做老板,让家人过上好日子。刚开始,他经营了一家小型超市,由于经营不善最终倒闭,辛苦赚来的钱就这样打了水漂。无奈之下,他又开始了打工生涯,这次他选择到了一家小餐馆当切菜工。每天哈赛姆早早来到餐馆,协助老板做好餐前准备;晚上餐馆打烊后,他打扫完卫生,最后一个离开。餐馆老板很喜欢这个勤快的年轻人，闲暇时有意识地让他在边上看，传授他一些炒菜秘诀。哈赛姆用心听、认真看，回家后慢慢琢磨，自己领悟，终于掌握了做菜的一些要领。

一天，老板对哈赛姆说自己想回家乡，要转让这家餐馆。哈赛姆大喜，马上说出自己的想法，最终以低价盘下了这家餐馆。刚开始因为有老顾客，餐厅生意还马马虎虎，时间长了，因为没有创新菜谱，客源开始慢慢减少，最后哈赛姆不得不再次关闭餐馆。沮丧的哈赛姆背上旅行包，独自前往约旦死海旅游散心。

死海是世界上最低的湖泊，由于盐水密度高，任何人皆能轻易地漂浮在死海水面。哈赛姆悠闲地仰卧在湖面上，静静地享受着迷人的死海风光，暂时忘却了生意失败带来的烦恼。微风拂过，扑面而来的盐味让他的脑海里闪过一个念头：开餐馆除了要有自己的品牌特色菜外，还得有别具匠心的设计，这样才可以吸引顾客驻足，而这满目的岩盐（盐巴）不正是最好的创新思路吗？

哈赛姆曾经看过报道，盐是天然的消毒剂，而且它释放出的离子可以净化空气。在远古时期人们就已经发现了岩盐强大的治疗能力，古希腊"医药之父"希波克拉底就曾提出"盐水吸入法"来治疗支气管和肺部疾病。哈赛姆想，如果可以将"岩盐疗法"和餐厅完美结合，那么，来餐厅的食客在愉悦品味食物的同时，身心又能得到治疗，也不用担心食物淡而无味，何乐而不为？

哈赛姆回去后，立刻着手选择门面，很快他选中了一间150平方米的店面，并且将自己的设计思路说与伊朗一家著名的设计公司。根据哈赛姆独特的设计理念，设计公司很快完成了从选材到设计的任务。几个月后，一栋奇特的建筑物——用岩盐建设的餐厅面世了。餐厅的内部是天然岩盐洞的模样，让人有身临其境的感觉。这里的墙、酒吧、餐桌和椅子均由白色矿物质打造而成，甚至这里的楼梯都铺上了一层光滑的盐涂料，看起来梦幻而唯美。如今，这家绿色环保的特色餐厅吸引了无数游客慕名前往。

对于成功，哈赛姆说，只要坚持，只要创新，没有什么不可能！

打败考古学家的 15 岁"小鲜肉"

雷碧玉

15 岁,正是读书、游戏的花季,却有这样一位少年埋头于枯燥的考古研究,做出了一件令考古界震惊的大事。他凭着玛雅人的星座图以及高清卫星图像,发现了一座考古学家几百年都没有找到的玛雅古城,并获得了加拿大宇航局颁发的荣誉勋章。这位打败考古学家的"小鲜肉",就是 15 岁的加拿大少年加杜里。

一双大眼、一头金发,加杜里看上去普通得就像一位邻家的小男孩。小时候,爱动脑筋的他对搭积木特别感兴趣,常常会绞尽脑汁,用积木搭出各式各样漂亮的房子,他说自己将来要当一名建筑师。

8 岁那年的一个周末,加杜里去图书馆看书。当他坐下时,邻座桌上的一本书深深吸引了他。那是一本彩色画册,上面印着他从未见过的建筑。巍峨的金字塔、雄伟的殿堂庙宇,还有建于公元 593 年的,被建筑界称为经典建筑的"壁画建筑"……

从此,他的脑海里留下了这种叫玛雅建筑的印记,也迷上了神秘的玛雅文化。图书馆更是成了他放学后常去的地方,在那里他了解到更多的玛雅文化,甚至还学会了看玛雅星座图。看着他如此痴迷,大家都笑他傻,成天对着一堆建筑物发呆。然而，他却不以为然，在他看来这些用石块堆起来的建筑，蕴藏着玛雅人的超常智慧。断垣残壁上鲜艳的色彩、美丽的图案，壁画中千姿百态、栩栩如生的人物，无不述说着这座古城悠久的历史。

对玛雅建筑了解得越多，加杜里就越佩服玛雅人的聪明才智。有一天，他给父母讲到那些玛雅的奇妙建筑，比如著名的"库库尔坎金字塔"，9层的塔身，每面91级石阶，四周的台阶共计364级，再加塔顶一级，共365级，代表一年的天数；再如，每逢春分和秋分的下午三点钟，西边的太阳会把边墙的棱角光影投射在北石阶的边墙上，而玛雅农民就能适时进行播种；还有建筑雕刻的精细，形象的华美……

说到激动时，他不由感叹，如果能生活在玛雅的建筑里，享受玛雅古老的风情，该是多么惬意的事！

不料这随口一说，却激起了他的灵光一现。他想起了人们都喜欢居住在海边，欣赏美丽的风光，抑或是选择地段好的都市里，而玛雅的建筑却是和其他古文明将城市建在大河大江边不同，他们是在偏远的山里和密林里建造城。如此不切实际的选址让加杜里特别好奇，他想其中一定有奥秘。

玛雅共有117座古城，到底这些古城分布在何处，他冥思苦想。突然，他想起了玛雅人有祭拜星座的习惯，那么他们会不会根据星座来选址古城位置呢？由此他尝试用玛雅星座推测这些古城的具体位置，通过比较已知的玛雅遗址和星图，他发现已知的117座玛雅古城正好和22个玛雅星座相对应，其中最亮的星恰好对应了规模最大的古城。可是在对应第23个星座时，加杜里惊奇地发现少了一座相对应的城市，而这座城恰好处在墨西哥尤卡坦半岛的丛林深处。可是这座城被密林覆盖，普通卫星地图无法获取更详细的情况。

这一惊人的发现让他欣喜不已，为了证实自己的想法，必须要借助高清卫星图像。幸运的是，他的研究得到了加拿大宇航局的关注，并为他提供了该位置的高清卫星图像。通过放大卫星图像，他们发现了丛林树冠下隐藏着规整、确切的建筑物线型结构，向上凸起的结构，像极了玛雅金字塔的顶端，其周围还有至少30座建筑物。通过研究测绘，考古学家证实15

岁的加杜里发现了一座大型玛雅古城，这是此前还没有考古学家发现过的、一座被人遗忘的古城。这座古城的发现，将这位15岁的少年及其研究一起载入了史册。

因为兴趣，所以专注；因为专注，所以成功。加杜里成功的故事让我们看到了一个15岁加拿大少年的别样风采。

梦想，与残缺无关

  从一个失去双腿的重度残疾人，到如今让人钦慕的职业人，他的故事告诉我们，残缺与梦想无关。只要你心中有梦想，只要你肯付出努力，那么梦想终有实现的那一天。

用车轮丈量我的梦

筱玉

"世界再大,我用车轮一圈圈去丈量。山峰再高,我用鞋子一步步去攀登。怀揣着的永远只能是梦想,那么,把它从怀里拿出来的时刻到了。"一天,下班回到宿舍的冯家辉在网上看到了这样一条微博,埋藏在心底里的骑行梦再次被唤起。

22岁的冯家辉,性格开朗,热爱旅游。上大学时,他就喜欢户外运动,常常和同学相约外出骑行。毕业后,医院工作的忙碌,让冯家辉暂时将骑行梦搁在心里。然而,见多了医院里的生老病死,让他并不快乐。如今,这条微博重新燃起了他的梦想。生命只有一次,何不趁着年轻,趁着有梦想,踩起单车,把曾经渴望的风景变成自己脚下的路,用车轮丈量自己的青春!

征得父母同意后,他开始了三个月的体能训练,并买来了旅游攻略手册,开始着手准备出行工作。地图上,他用红笔一一标注了骑行路线;为了省钱,他买了帐篷,自带了锅和柴,还有一堆诸如速食面、火腿肠、饼干之类的简单干粮……他带着一颗说走就走的心决然上路了!怀揣着自己积攒的一万元,冯家辉骑着心爱的自行车,从广东清新太平镇出发,开始了一个人的骑行之旅。

苗家的风土人情，九寨沟的旖旎风光，雪域高原的磅礴大气……饱览了祖国秀美的山川美景，让冯家辉的心灵得到了一次又一次的洗涤。然而一路的欢歌，也伴着一路的艰辛。

虽说出发前，冯家辉也做好了心理准备，然而骑行过程中遇见的艰辛超乎了他的想象。骑车到西安时，因为车子爆胎，夜晚只能露宿在一座荒凉的小山丘，那里前不着村后不着店。半夜，他听见帐篷外面异样的声音，他知道那是一群饿得发慌的野狗。隔着一层帐篷，野狗和他对峙了整整一晚。次日一大早，冯家辉终于熬不住，把仅剩的饼干和香肠都扔给野狗。过后，他将这惊险的过程写进日志，还配上幽默的标题"我和野狗的一次约会"。

到贵州时，正是晚餐时间，天下着大雨。他躲进帐篷，摸摸身上，仅剩一根火腿肠。可这根本解决不了肚子问题，他开始往肚里灌水。没有水了，滴答的雨水声让他忍不住张开了嘴。后半夜，突发的肠胃炎让他疼痛难忍，躺在没有温度的帐篷里，他浑身无力。推推自己还能动的腿，他默默为自己加油："冯家辉，你不能倒下！你不是孬种！"好不容易熬到天亮，他找到一家药店，买了药，继续上路。

三个月后，历经艰难困苦，冯家辉骑到了川藏线。川藏的美景让他心醉，然而川藏线的惊险也让他心惊肉跳。他知道，骑行在川藏线上，需要的不仅仅是勇气，更多的是毅力。50度的斜坡，180度的急转弯，没有任何护栏的悬崖路，甚至是突如其来、从天而降的石块都让他胆战心惊，至今想起仍心有余悸。而这一次的川藏线穿越，也让他练就了一双"火眼金睛"。在那里，他第一次遇到了山体滑坡，心里特别紧张，不断往下掉的石头险些砸中了他。后来，凭着聪明机智，他老练到可以用眼睛目测落石的速度，最后顺利走出了川藏线。虽说有些后怕，但他没有后悔。

虽然旅途过程中困难重重，但是旅途中的人间真情也成了冯家辉坚持下去的一个又一个理由。行进中，一辆辆机动车从他身边呼啸而过，里边的人微笑着对他伸出大拇指的一瞬间，给了他无穷的力量；那个给他面包和水的甘肃大伯，让他至今心存感激；好心的藏族阿妈，为他递上热乎乎的酥油茶，铺上厚厚的暖床；更让他感动的是那个为他加油鼓劲的残疾驴友……

带着一路上暖暖的感动，冯家辉终于平安到家了。他从广东出发，沿途经过11个省，穿越了近半个中国，耗时226天。

这绝对是一场让心灵释放的旅行。冯家辉说，时下年轻人总是空喊着梦想，却往往在漫长的等待中被时光打磨殆尽，再无兴趣。如果我不付诸行动，这个青春之梦将永远埋藏在心底。年轻时的梦想，就该用青春的力量去实现。用车轮去丈量属于自己的青春，让自己的青春更加绚丽多彩吧！

梦想，与残缺无关

墨冉

一个双腿截肢的残疾人，一个曾经在 8 年间靠乞讨为生的流浪青年，重回家乡后，靠着自己不懈的努力，自强不息，最终完美逆袭。他就是来自四川铜梁的刘杰。

1985 年，刘杰出生在一个贫穷的家庭，小时候他是父母的心头肉，是人见人爱的乖孩子。然而，7 岁时的一场大火改写了他的整个人生。那场大火让他失去了疼爱他的母亲，也让他失去了膝盖以下的双腿，成了一名重度残疾人。

母亲去世后，父亲借口到外地做生意，撇下了他和奶奶相依为命。生活虽清苦，却因有了奶奶的爱，让他并不觉得孤单。看着奶奶成日辛苦劳作，小刘杰于心不忍，他不想成为奶奶的负担，便开始尝试着学习"走路"。他依靠着两个小板凳，用膝盖跪着一步一步艰难地挪着，就这样，他从学会"走"开始，还学会了煮饭、喂猪，还能在屋旁的菜地里种菜、浇粪……14 岁那年，深爱他的奶奶因病去世，留下他在这个世界上孤单地生活着。

那年春节是他过得最清冷的一个节日，泪水伴着孤独，在寒风瑟瑟的小屋里，他独自迎来了新年的钟声。更要命的是，那间破旧小屋也因常年雨水的侵蚀坍塌了。失去了赖以生存的住所，他几乎绝望了。如何养活自己成了当时最大的困扰，因为没知识，也没技能，更因为双腿的残疾，无奈之下，他选择了乞讨。

乞讨的路漫长而心酸。为了避免跪爬时砂石划伤自己的膝盖，他将废弃的汽车轮胎包在自己的膝盖上，用膝盖跪爬着，到附近的集市上乞讨。他跪在角落，将脸深埋在胸前，甚至不敢去面对眼前异样的目光。幸好，善良的街坊邻居都知道他的遭遇，纷纷掏钱给他。最令他难堪的莫过于儿时伙伴塞钱给他，那一刻的尴尬刻在他的心头，成为一生抹不去的记忆。

风餐露宿，这一讨就是 8 年。8 年里，他尝尽了世态炎凉，受尽了冷眼与嘲讽。有一次，他甚至被误解成骗子遭到辱骂。那是一位老人指责他是骗子，白天装可怜，晚上去酒店挥霍。那一刻，无助的他哭了，那是一种自尊被践踏的委屈与屈辱。

回家的路上，天下起了大雨，他躲进了路边的屋檐下避雨。突然，他看见墙角下的一朵小花。那金黄色的小花被暴雨击打得直不起腰，每一滴雨点都迫使它弯腰，而每一次它都重新弹起。他等待着有那么一击能使它低头，再也直不起腰。然而他惊讶地发现，那朵小花虽然一次又一次地亲吻褐色的泥土，但又都重新站起身。它虽弱小，却不向困难低头。眼前的这一切深深撞击着他的心。那一朵小花，虽卑微，却能经受住狂风暴雨的肆虐，傲然挺立。而自己虽然腿没了，可双手还在，为什么要这么憋屈地生活，忍受别人的辱骂？为什么就不能站起身堂堂正正地做人，凭自己的双手养活自己，做个顶天立地的男子汉，不用再生活在别人的白眼中？想明白后，心亦释然。他重新回到了家乡，开始努力朝自己的梦想前行。为了掌握一门技术，他报名参加了计算机免费培训。只有小学二年级文化水平的他，可想而知，看那些书好比天书一般。可他狠下心来，不停地问不停地学，刻苦了两个月后，终于拿到了结业证书，可以熟练操作计算机。初次的成功让他信心满满，又开始朝更高的目标奋进。他报名参加了电大会计函授学历班学习，以求让自己更专业。毕业后，他希望凭着自己的真本领，谋得一份工作。他开始四处求职，自身的残缺让他一次次被拒之门外，但他毫不放弃。他深知，只要自己不放弃，生活不会拒绝任何人。终于，有一家超市的老总接受了他。他非常珍惜这个来之不易的机会，工作上兢兢业业，凭着过人的本领，一步一步跨进了连锁超市的管理层。

　　刘杰的故事告诉我们，残缺与梦想无关。只要你心中有梦想，只要你肯付出努力，那么梦想终有实现的那一天。

让缺陷像金子一样发光

陈亦权

一位出生在美国密西西比州的年轻姑娘,从小便梦想能够进入电视台做一名节目主持人,所以她进入了田纳西州的一家州立大学,主修演讲通讯与表演艺术。

毕业后,她凭着出众的演讲表演博得了美国巴尔的摩一家电视台的垂青,被聘请为这家电视台的新闻记者和播音员。

上班的第一天,她来到演播室。当天的新闻里有一条是关于家庭暴力的事件,还有一条是一对相爱的人在经历了42年的风雨后终于结为夫妻的新闻。

尽管在开播前她先读了两遍稿子,但在正式播送新闻的时候,她的情绪还是受到了新闻事件的影响:在读那则关于家庭暴力的新闻时,她激动得扔掉了稿子,愤怒地指责起那位施暴的男人来;而当她播送到那条让人开心的新闻时,她又再次扔掉了稿子,兴奋得手舞足蹈并且大喊大叫起来!

所有节目组的成员都被她的表现吓坏了,那简直就是一种没有新闻中性立场的表现!那次节目播出后,包括他的顶头上司在内的所有人都指责她太缺乏专业素养了。电视台的主管甚至警告她说:"请你控制自己的情绪,否则你将面临被解雇！"

但是一直过了一个月，她仍旧没有学会如何控制自己的情绪，因为她天生就是情感丰富而且真实的人，总是在播报新闻的时候情不自禁地表现出个人的情绪，这甚至引发了不少观众打来投诉电话！她最终被解雇了，因为电视台认为她的率性是一个无法胜任这项工作的"致命缺陷"！

在离开电视台的时候，她的同事们都好意地提醒她："想走这条路，就一定要改正自己的缺陷！"但她的心里却想：在节目中流露真情难道不好吗？看着行业内这千篇一律正经威坐的主持风格，她深信，她的那种真实与率真会成为所有观众的需要！

被解雇不久，她听说有另一家电视台准备组建一个早间新节目，她勇敢地敲开了那家电视台主管办公室的门，她说："我希望您能成立一个谈话节目并且由我来主持，我一定能把节目做好！"

这家电视台的主管考虑了一番后，同意成立一个早间谈话节目，并且让她来主持试试。在她的心中，这个节目的性质早就已经定位好了：不用念稿子，不用摆一副正儿八经的样子和严肃的表情，她只需要和节目的嘉宾一起坐下好好聊聊天就行了！

节目中，开心的时候，她会与嘉宾一起跳跃欢呼，伤心的时候，她会与嘉宾一起抱头痛哭……她卓越的临场口才和真实的情感投入，使得整个节目过程中高潮迭起，她的节目和她本人在瞬间被观众们记住了，收视率更是得到了前所未有的提高。

在经过了6年的摸爬滚打后，她来到了芝加哥，为一家电视台主持访谈节目《芝加哥早晨》，很快便把节目打造成了全国最受欢迎的访谈节目，一个月后，电视台将她的节目直接以她的名字命名，节目的品牌概念进一步深入人心。从那以后，她在节目中以真情打动了每一位嘉宾，包括克林顿、迈克·杰克逊、汤姆·克鲁斯等一大批政客和明星。她打动了克林顿，让他签署了一项保护儿童免受性虐待的联邦法律；让汤姆·克鲁斯为向当时的女友现在的妻子示爱竟跳上沙发大喊大叫；让迈克尔·杰克逊谈起了自己幼年的经历……

她的节目在之后的 20 年里一直没有更换名称和特点，而收视率更是几十年如一日，每周在美国有 2100 万观众收看，并且在海外 145 个国家播出，收视率远远超过美国三家知名电视台的总和，成为电视史上收视率最高的脱口秀节目！

她，就是被誉为"美国人的心灵女王和精神榜样"、著名脱口秀主持人兼哈普娱乐集团总裁——奥普拉·温弗瑞！而让人难以置信的是，她能取得今天这样的辉煌成就，靠的竟然是当初倍受指责甚至让她惨遭解雇的"缺陷"！

你看见鄙夷，我看见财富

陈亦权

20世纪30年代，冰激凌开始风行于美国纽约的各个街头。年轻的波兰移民马塔斯有制作"天然冰激凌"的好手艺，他在自己的作坊里制作冰激凌销售。因为制作工艺不错，加上他非常有商业道德，渐渐有了一些小名气。

但没几年，他的销路不行了，因为冰激凌虽然没有什么正式的生产厂商，但为了竞争，已经有一些冰激凌的作坊主在冰激凌里面加了更多的空气、稳定剂和防腐剂，以延长产品的保质期并降低成本，那些产品往往能因外观的漂亮和加入添加剂后产生的好口感而博得消费者青睐。作坊里的工人建议马塔斯跟着市场走，往冰激凌里加添加剂。如果不这样，就很难参与市场竞争；但加了添加剂，就意味着自己做的冰激凌从此与"天然"绝缘了。那么，到底是加还是不加呢？马塔斯伤透了脑筋！

有一次，马塔斯和几位同行一起去商店买东西，天气很热，有几个穷小孩在商店门口买冰激凌吃。这时，门口又有两位有钱的夫妇走过，男的提议说："买两份冰激凌吧！"女的脸上刚露出了赞同的神情，但她看了看那几个津津有味地吃着冰激凌的穷小孩后，很快改变了主意，说了句"算了"，继续往前走了。马塔斯的同行发牢骚说："怎么会有这种人，穷人在吃，她就不想吃了？难道还想有人为你们这种富人专门生产一种冰激凌？"真是说者无心，听者有意，马塔斯意识到：这个市场缺少一种象征高贵与时尚的冰激凌！

回到作坊后，马塔斯立即对工人们说："在现在的基础上，不惜成本地继续努力提高'天然'的精度和要求，无论是主料还是附料，无论是原料还是加工过程！"

"老板，您不能这样，这意味着我们的成本将会更高！"工人们纷纷阻止，"冰激凌是一种人人都舍得购买的便宜产品，花这么高的成本做，不值得啊！"

"冰激凌是一种人人都可以随意购买的便宜货！所以，目前这个市场缺少的正是一种不是人人都能随意购买的冰激凌精品！"马塔斯回答。

从此，马塔斯开始研究高品质的"完全天然"的冰激凌的规模生产工艺，他立志要生产出纯天然、高质量、风味绝佳的冰激凌，抢占"矜贵冰激凌"的市场空间。半年之后，他先后推出香草、巧克力和咖啡三种口味的高档冰激凌，主要提供给一些高级餐厅和高级商店，销售非常不错，初步的成功让他欣喜不已。

不久，马塔斯为他的冰激凌正式命名为"哈根达斯"，以顶尖奢侈品牌形象出现在市场上，那动辄几十甚至上百美元的价位让普通冰激凌顿时黯然失色。他的目标消费群是处于收入金字塔顶层的、注重生活品位的、追求时尚的年轻人。那种让普通人"望价却步"的高价位，虽然限制了普通的消费群体，但吸引了大批趋之若鹜的信徒和拥护者。在宣传策略上，马塔斯努力打造"矜贵"形象，哈根达斯几乎不做一般的电视广告，只是偶尔出现在一些时尚杂志。与此同时，哈根达斯同样看重口碑效应，服务质量也相应提高到了顶尖水平，消费者热情的口碑传播成了哈根达斯成功的因素。

时至今日，马塔斯的冰激凌在全美国甚至是全球各国都开设了专卖店，哈根达斯也成了全球性的"尊贵品牌"。从20世纪90年代哈根达斯进入中国以来，就先后在北京、广州、杭州、深圳、青岛等十多个城市闪亮登场，已经开设了几十家专卖店，零售点达一千多个。

多年之后，马塔斯的那些同行朋友问他是怎么会想到要生产"矜贵"冰激凌的，他回答说："其实很简单，当时那个妇女不与穷人同吃冰激凌的神情确实是让人不屑甚至是为人所不齿的，但你们只看见了鄙夷，而我却看见了创造财富的机会！"

如今，马塔斯已经西去，但是他的"哈根达斯"却以更加鲜活的"尊贵形象"出现在世界各地，美国《时代》杂志曾赋予马塔斯这样的称呼："在冰激凌中的打造劳斯莱斯的精英商人！"

卡耐基一生的两面镜子

尔东

美国著名教育家卡耐基小时候生活非常穷困,在他7岁的时候,他的父母都因为企业不景气而失去了工作,这更使他家的生活雪上加霜,欠下的债也越来越多。为此,他的父亲变得萎靡不振,做什么事情都没有积极性,他的母亲也因为丈夫的消沉而变得郁郁寡欢,整个家庭陷入了一个恶性循环之中。

一天,卡耐基从外面玩耍回来,捡到了5美分的硬币。他兴高采烈地把钱拿回了家,心想父母看到这5美分一定会很开心。但是他的父亲看了一眼他手上的硬币说:"这点儿钱连一餐晚饭都不够吃,你自己买点儿你想要的东西吧!"而他那连头都没有梳整齐的母亲,撩了撩垂在额前的头发,也用同样的话回答了他。

"这点儿钱的确不多,但是我用来买什么呢?是一件别人在5岁的时候就能拥有的小玩具?还是一小包夹心饼干?"小卡耐基陷入了沉思,这时小卡耐基忽然想起母亲那个撩头发的动作,他才意识到家里唯一的那面镜子在几个月以前被粗心的父亲摔破了,家里从那时候起就再也没有买过新的镜子,他的母亲每天梳头只能靠自己估计,而他的父亲更是蓬头垢面,有时候甚至连眼污都不擦干净就能在家里待上一整天。

"对！买一面镜子，让他们每天起床后可以照一照自己！"小卡耐基主意一拿定，就到商店里买了一面最便宜的镜子悄悄放在客厅桌子上。当他的父母见到这面镜子时下意识地拿起来往自己脸上照了照，顿时被自己的容貌吓了一跳，他的母亲连忙对着镜子把头发重新梳了一遍，而他的父亲紧跟着把胡子刮干净，并且还梳了梳头。

第二天，他的父母对着镜子整了整自己的容貌后就出了门，当天回到家后，他的父母的心情都非常不错，因为他们都分别找到了一份还算勉强可以养家的工作。从那以后，卡耐基家的生活状况开始渐渐好转起来。

在多年以后，当卡耐基说起那一段经历时，无比感慨地说："是我买的那面小镜子让他们重新看见了自己、认识了自己，并且重新审视和要求自己！如果没有那面镜子，我实在无法想象我的父母到什么时候才会再次拿出生活的勇气来！"

长大后的卡耐基参加了工作，他的第一份工作是在一家钢铁公司做推销员。他非常努力地工作，每个月的销售额都在全公司位列前茅，有非常不错的前景。但是后来他在自己的这点儿小成绩中放松了自己，结果有一次在月终的前一天才发现连公司的最低销售指标都没有完成。在这一天里他拼命找顾客，终于在下午找到了一位需要少量钢铁的建筑商，只要与这位建筑商签订合同，这个月的最低销售指标就能完成了。但是偏偏这位建筑商砍价十分厉害，连公司规定的最低价格都不能接受。为了争取到这张订单，卡耐基只有接受了那位建筑商的要求，用建筑商所能出的最高价格把钢铁出售给了他，但为了对公司有个交代，卡耐基暗中用"缺斤少两"的办法拉平了这个差价。

不难想象，这个办法最终不仅没有让卡耐基躲开完不成最低销售指标的尴尬，反而还被公司记了一次严重警告。出于羞愧，他带着低落和沮丧的情绪辞职回到了家。当他的父母得知这一切后，并没有责怪卡耐基，他的母亲拿出个一美元的硬币说："去为自己买一面镜子吧！"卡耐基抬头看了看母亲，深有感触，当即用这一美元跑到商店为自己买了一面镜子挂在床前的墙上。从此,每天一早起床卡耐基就会对着镜子喊几声:"我是戴尔·卡耐基,我一定要努力工作!我可以犯错,但我不可以再次犯错!"

多年之后,卡耐基成了美国著名的企业家、教育家和演讲口才艺术家,被誉为"成人教育之父"。在事业上取得成功的卡耐基并没有把照镜子的习惯给忘掉,他把那面镜子带到了办公室放在办公桌上,每天一来到办公室,他的第一件事情就是先照一照镜子,然后对着镜子说上一遍:"我是戴尔·卡耐基,我要认真做人,我要努力工作!"

卡耐基的一生为后人留下了许多至理名言,其中有一句是他在1955年,也就是他生命的最后一年才在笔记本里写上的,那是一句最短也是最富哲理却常被大家忽略的话——时刻都要认识你自己。从某种程度上来讲,卡耐基的这句话,其实写下的是他一生的两面镜子。卡耐基的镜子哲学,实际上正是对我国古代思想家曾子所说的那句"吾日三省吾身"的另一种禅释。

把自己当成种子钻进土壤里

尔东

史蒂芬·威尔逊不仅是美国维斯卡亚机械制造公司的CEO，而且还是全美最具影响力的机械制造工程师。然而，让人意想不到的是，他的求职之路是从一个车间清洁工开始的！

从20世纪80年代起，维斯卡亚公司就极具盛名，学机械制造的史蒂芬和几位同学从哈佛大学毕业后，都非常希望能进入这家公司工作，于是一起给公司写自荐信。然而，他们的自荐信很快被退了回来，并被告知公司并不准备聘用只有理论知识而没有实践经验的人。史蒂芬的那几位同学遭到拒绝后，纷纷凭着学历在别的公司里直接进入了管理阶层，但史蒂芬却依旧把眼光停在那家最能让他发挥才智的公司上！

有一次，史蒂芬在农场里帮助他的父亲收割向日葵，他发现因为雨水的缘故，有好多葵花子都在植株的顶端发起了芽，他对父亲开玩笑般地说："这些葵花子这么迫不及待地发芽，结果只有死路一条，想发芽开花就必须要钻到泥土里去才行！"话刚说完，史蒂芬忽然想到了什么！

当天回家后，史蒂芬把自己的毕业证书塞进了抽屉里，然后假装一无是处地来到这家公司，表示自己愿意不计报酬地为该公司提供无偿劳动。

公司的人一听竟然还有这种好事情，虽然暂时没有岗位空缺，但考虑到不用任何费用就能拥有一个肯为公司效力的人，就答应了史蒂芬。他每天的工作就是在各车间打扫卫生、收拾废铁屑。

史蒂芬的做法让他的同学们大为不解，这么好的一个人才竟然在一个扫地的岗位上工作。但史蒂芬却在日常的工作中越来越意识到，这份被别人不屑一顾的工作会让他拥有某种条件。因为史蒂芬在日复一日地到处走动打扫卫生中，细心观察了整个公司各部门的生产情况，并一一作了详细的记录。半年多以后，他发现了公司在生产中有一个技术性漏洞。为此，他花了近一年的时间搞设计，通过在工作中积累的大量统计数据，最终想出了一些足够改变现状的方法。

史蒂芬试图将自己的想法告诉总经理，但是他根本没有机会见到总经理。半年后的一次，公司发生了一件非常重要的事情，许多订单都因为产品质量问题而纷纷被退回，如果拿不出质量更好的产品，公司将要蒙受巨大的损失！

为了挽救公司，公司董事会召开紧急会议商量对策，可是会议整整进行了6个小时还没有得出一个结果，这时，史蒂芬揣着自己的想法敲响了会议室的门。他对着正在开会的总经理说："我要用十分钟时间改变公司！"随后，史蒂芬对之所以出现问题做出一个合理解释，并且在工程技术方面提出了自己的观点，最后，他拿出了自己对产品的改造设计图，这个设计非常先进，恰到好处地保留了原有的优点，同时又能避免出现问题。

按照史蒂芬的提议，公司生产出来的产品受到了客户的一致好评，他很快就因为对公司的巨大贡献而被聘为负责生产的副总经理。之后几年中，史蒂芬又通过自己在基层工作时所记录下来的点点滴滴，不断改进着公司的管理和生产。10年之后，史蒂芬不仅荣升为维斯卡亚公司的CEO，个人财富也跻身美国的前50名！勤于工作的史蒂芬在之后的十几年里，先后出版了6套机械制造专著，其中最著名的《机械制造业基层管理》还被收入美国的三所大学当教材。

史蒂芬当初的那几位同学至今依旧做着他们那一成不变的工作，他们时常羡慕地问他是怎么做到这一切的,而史蒂芬的回答总是让人似懂非懂的一句:"因为我曾经把自己当成一颗种子钻进了土壤里!"

用心去触摸世界

不要用视线去指引你的前路,要用信念!贾斯汀,这个盲人摄影师和攀岩者,用自己的坚毅信念告诉世人,凡事没有什么不可能,只要你用心!

一粒雄伟的沙子

木又

前不久,一场微雕展览在英国的格洛斯特郡举办。这是一场绝对意义上的"微雕展",里面最大的作品只有报纸上的一个感叹号那么大,而最小的,则是以一粒沙子为原材料的雕刻作品。这些作品全部出自一位名叫韦拉德·约翰的艺术大师之手,让人难以想象的是,他是一位先天性手抖病患者。

韦拉德出生于格洛斯特郡这座城市,在出生后不久,父母就发现他的小手时常莫名其妙地快节奏抖动。在一家医院里,小韦拉德被诊断为患有"先天性手抖病",这其实是帕金森病中的一种,患这种病的人动作缓慢,手脚震颤,严重的甚至会导致身体失去柔软性,变得僵硬。凭当时的条件,这种先天性手抖病根本没有什么治疗的可能。韦拉德在吃着一些毫无作用的药物中一天天长大,直到两周岁时,他还无法长时间地拿着一只小皮球。上了小学以后,韦拉德的动手能力依旧是最差的一位,他甚至连一个很简单的单词都无法顺利写完,所以在学校里,从不会有哪一位老师要求他写作业,只要求他用心听就行了。

9岁那一年,韦拉德的父亲带着他去郊外的一座农场里访友。从未与泥土打过交道的小韦拉德在农场里显得兴奋极了,他独自玩起了一些小木棍和泥土,用那双抖动的小手把一些湿泥搓成了一颗颗的丸子。那些丸子就像是一些可爱的小脸,他就想到了要在上面刻出眼睛眉毛和嘴巴鼻子。韦拉德从地上捡起一支小木棍在泥丸上刻了起来,然而抖动的双手让他无法长时间做这些,手上的泥丸和小木棍一次次地滑落下去,他又一次次地捡起来,屏住呼吸,艰难地克制住手上的颤抖……

在这一次次的失败中,韦拉德发现,他手上的颤抖会随着自己的专注而减弱!两个小时后,他成功地在两个乒乓球那么大的泥丸上刻上了一双眼睛和一个鼻子以及一只微笑的小嘴!父亲看见他雕刻出来的两件"作品"后惊呆了,尽管那一对眼睛并不对称,鼻子也过于庞大,但父亲依旧夸奖说那"简直就是一件无可挑剔的艺术品"。父亲的赞赏给了小韦拉德极大的鼓舞,从那以后,韦拉德就爱上那种小"雕刻"。有时候,他会选择用胶泥,有时候他会选择用碎木,他越是专注于雕刻,手的抖动越是能得到控制。在稍长大一些后,父母甚至还为他买来了不少专业雕刻工具,并为他请来了一个课外辅导雕刻的老师。

毅力在雕刻中越来越坚韧,他手上的症状竟然也因此而逐渐缓解,到了韦拉德中学毕业的时候,他的天生顽疾竟然差不多消失了!在那之后,韦拉德多处拜师深造,雕刻技艺提高了不少,他甚至可以把一颗普通的小石头雕成一只海狮!韦拉德的名气越来越大,尽管在闲时他的手依旧会不由自主地抖动,但那已经丝毫不会影响到他的雕刻了。

几年之后,韦拉德在格洛斯特郡办起了一个雕刻工作室,他的所有作品都栩栩如生,看过他的作品的人几乎没有一位不被打动。但那时候,他的雕刻大多停留在不比玻璃珠小的东西上。有一次,他的母亲对他说:"你是成功的,但是你却不会有更好的成功,因为你不懂得进一步挑战自己。你要知道,你的作品越小,你的成功就会越大。"

母亲的话使韦拉德意识到自己在9岁那年突破了自我后,就再也没有向自己发起过挑战了。他随之做出了一个让母亲都感到万分惊讶的决定:用沙子雕刻。

韦拉德准备了更加精密的工具和设备，在沙子上雕刻和在石头上完全不一样，特别是对手部的稳定程度上要求更高了。而这时的韦拉德虽然症状好了不少，但要做到在沙子上雕刻，依旧是一件非常难办的事情。几乎过了整整一年时间，韦拉德没有雕成过一次。他的母亲心疼地对他说："我为我当初的话而感到抱歉，放弃吧！这是你无法做到的事。"

然而韦拉德却并不这样认为，他在一次次的失败中觉得自己正在一步步走向成功。时间转眼过去3年，在经历了无数次失败之后，韦拉德的第一件微雕作品终于成功问世了：他用了6周的时间，用一粒沙子雕刻出了一座"圣巴萨罗姆教堂"，这座教堂小得几乎无法用肉眼看清，甚至在把这座"教堂"放在一枚普通的针孔后，针孔依旧显得开阔无比。然而一旦用上放大镜的话，它又会显得无比壮观和雄伟，每个部分的比例都无比精确。

韦拉德成了一位极其成功的微雕大师。在之后的岁月里，他先后用沙子雕刻出了白金汉宫、圣保罗大教堂以及"铁娘子"撒切尔夫人、首登月球的尼尔·阿姆斯特朗等无数的优秀微雕作品。

韦拉德的微雕展取得了巨大的成功，当天就吸引了约3000位参观者，其中就包括英国皇家雕塑家协会的主席布赖恩·福肯布里奇先生。他在参观之后用无比钦佩和赞赏的口气说："沙子变成了一座雄伟的教堂，这不仅是一种举世无双的雕刻艺术，更是一种坚韧不拔的人格魅力。毫无疑问，韦拉德本人就是一粒雄伟的沙子。"

只赚两美分

九木

19世纪末期,有一位美国乡村小伙子不满足于只待在农场里,就带着梦想来到了纽约。

由于没有相应的工作经验,他应聘了许多地方都没有人愿意雇用他。终于,半个月后的一次,有一位奸诈的百货店老板答应留下他,但前提是只为他提供食宿却不付薪水。

尽管如此,小伙子还是非常高兴,因为身上带的钱就快用光,再不找到落脚的地方就只能回到农场里去了。那家百货店的商品种类多,生意非常不错。小伙子就这样忙里忙外地过了几天。有一次,一位顾客在买好纽扣之后又想买一盒回形针。"真对不起,那您必须要到文化用品商店,只有那里才有得卖!"老板告诉他。

在之后的日子里,小伙子发现经常有顾客在这里买不到自己想要的一些小商品,就向老板提议说:"我们为什么不增加小商品的品种?那样将会使我们的生意更好!"

"没必要在那种小生意上花精力,我们要赚的是大钱,那些小东西最多只卖个5美分,赚个两美分,简直是在浪费时间!"老板回答说。

真的是这样吗？小伙子动了心思，于是在平时的工作中多留意了几分，通过观察，他渐渐意识到，只赚两美分的小生意可能并不是简单的小生意：第一，大商品或者高价商品可能一天只能卖掉一件，而许多小商品因为在生活中的需求量大，可能一天能卖一百件；再假如尽可能地把所有只赚两美分的小商品都集中在一起销售的话，那一定非常有前景！

意识到这些之后，他突然想到了创业：既然老板不接受这个建议，那为什么不自己开一家这样的店呢？

但要开店就要有成本，现在连薪水都没有，将来凭什么开店？于是他在平时的工作中表现得更加积极起来，一段时间后，他终于用行动打动了老板，他得到了一份还算不错的薪水。一年多以后，小伙子存起了70美元了！这时，他拿出以前在农场里积攒起来的80美元，又另外借了300美元，按照心中的设想开了一家品种无比齐全的小商品店，包括玩具、糖果、家居用品和娱乐用品等等，他把所有单件商品的利润都定为只赚两美分！开张后，他的商店受到了市民们的无比欢迎，人们再也不必为买两件不同的小商品而往返奔波于不同的商店了，在这里，几乎能够买到生活中所有用得着的商品！

时间一天天过去，他的商店名气越来越大，甚至有不少顾客从远处赶到这里，因为相比于到一家又一家不同的店里去找、去问，人们更愿意选择到这里来，虽然路远了一点儿，但更省心省力！

这个现象又为小伙子提供了一个灵感：去别的街道多开几家模式相同的商店！就这样，在之后的两年时间里，小伙子在整个纽约开了二十多家"只赚两美分"的商店！所有的这些都为小伙子带来了无穷的财富，在之后十多年里，他不断扩张实力，在全美国建起了家九百多家"只赚两美分"连锁店，并于1913年在纽约落成连续16年保持世界第一高楼纪录的"伍尔沃斯大楼"。到1996年的时候，他创立的连锁店在全球已经超过了8000家，成为世界之最！

这位小伙子，就是后来被后人们称为"明码标价、薄利销售、连锁经营"这个现代商业理念开启者的弗兰克·伍尔沃斯！

留一半工作给明天

古儿

一百多年以前,一位刚大学毕业的小伙子进入了美国费城的一座钢铁厂工作,老板对工人们的要求非常严格,他还有个铁一般的规定:今天的事必须在今天完成!

有一次,厂里接到一批大订单,老板把规定执行得更严了。第一天,工人们一直做到天黑才把工作做完,然而在第二天上班后,工人们却都一愣一愣的,不知道该做什么好。

"你们究竟是怎么了?难道我还没有把工作安排详尽吗?"老板怒火冲天而又无可奈何地一边继续安排工作,一边不停地责怪着,"你们简直太不认真了,昨天安排的工作今天竟然都忘记得一干二净了!"

在老板的责怪声中,这一天的工作又进行到天黑,老板站在车间里一次又一次地训导着工人们:"今天要做的事,今天必须要做完!只有这样,工作才能有更好的效益!"

老板的话虽然这样说,但实际上他自己心里很清楚,厂里的效益一直没有提上去过!凭他的经验,他觉得自己的安排没有什么地方不对,然而原本8个小时可以完成的工作,却偏偏要花掉10个小时,特别是工人们在每天早上都似乎无从做起的样子，更是让老板头痛不已：问题究竟出在哪儿？

一天，老板正在办公室里考虑着这个问题，那位新来的小伙子敲门走了进来，说："老板，您需要改变一下管理方式，其实今天的工作必须今天完成的规定并不值得提倡！"

"你在说什么？难道让他们留一半的工作给明天？"老板不屑地说，他认为这个年轻的小伙子简直是在没事找事。

"是的，留一半的工作给明天！"年轻人镇定地接着说，"假如您的面前有十本书，你在看其中的一本书时，看了一半又下班回家了，那么第二天您来到这里首先想到的是什么呢？"

"那还用问吗？当然是马上接着看那本书！"老板说。

"可是，假如您当天就把这本书全看完了，第二天会怎么样呢？"小伙子紧接着问。

"这么多书，或许，我会一下子拿不定主意该看哪一本好！"厂长回答说。

这时，小伙子用异常认真的口吻说："对，问题就出在这里，因为书没有看完，所以，哪怕是回到家心里依旧会对这本书有所牵挂，因此，您在第二天来到这里之后首先想到的就是接着看这本书。而如果您把这本书看完了，那您的脑子里就不会再有对这本书任何的牵挂，所以在第二天您会觉得不知道看哪一本好！"

"听起来似乎有点儿道理，可是这和工作有关系吗？"老板纳闷地问。

"这和工作是同一个道理，您每天都要求工人们无论如何也要把当天的工作完成，可正因为工人们做完了今天该做的所有事情，所以脑子里再也不会多想一想和工作有关的任何事情，于是在第二天来到这里后，就出现了一种不知道该做什么的心理！"小伙子停了一下后，继续认真地说，"而如果留一半工作给明天，工人们的心里很自然会对留下来的工作有些牵挂，所以在第二天就再也不会有这种无从下手的感觉了！至于后半天该做些什么，那已经不用多费时间考虑了，因为在前半天的劳动中，已经默默地对后半天的劳动有了安排！"

　　老板听了这番话以后，当即决定采用这套"留一半工作给明天"的管理方式，果然一切都如小伙子所说，取得了立竿见影般的效果，生产效率更是得到了飞速提高。

　　小伙子从此受到了老板的器重。由于他在管理上总会推出一些积极有效地措施，先后被提拔为车间主任、工长和总工程师，并于1898年同时受聘于宾夕法尼亚最大的钢铁厂和两所商业大学进行管理和讲课，这不仅使他拥有了更多的管理经验，而且使他的管理技巧逐步科学化。退休以后，他用了五年时间写了大量涉及生产管理、职能管理、人员管理、组织原理、管理哲学等五大类的管理著作，其中最具代表性的一本《科学管理原理》至今仍被全球企业家们奉为是必读之书！这位小伙子，就是被后人尊称为美国古典管理学家、科学管理理论倡导者的"科学管理之父"的弗雷德里克·温斯洛·泰罗！

　　只是，太多管理者为了便于自己的统计与核算等工作，一直阻碍着"留一半工作给明天"这套管理艺术得到真正意义上的推广，这不能不说是一种遗憾！

千里走单骑

阿玉

单腿骑车环游世界,听起来让人难以置信,然而他做到了。一人、一车、一些行李,历时76天,行程四千多公里,单腿骑行新西兰、澳大利亚等国家和地区。这个单腿男孩的青春励志故事感动了无数网友,他就是来自温州的小伙子陈晨。

陈晨,26岁,高高的个子,清瘦的脸庞,看起来斯文而腼腆。他是土生土长的温州人,12岁那年,在上学的路上,他遭遇了人生最惨烈的变故。一场重大车祸让他失去了左腿,成了单腿少年。虽然装上了假肢,但走起路来还是没有常人那么灵便。他顺利读完小学和中学后,在高考那年,以优异的成绩被南京的一所大学录取。大学毕业后,陈晨进了杭州的一家公司工作。工作之余,他喜欢上了骑行,结交了一些有着相同爱好的驴友,每到周末大家相约着骑车到乡下,去领略大自然的美妙风景。骑行既锻炼了身体,又让自己的视野开阔,这一切让陈晨乐此不疲,流连忘返。

大学时,陈晨曾经看过一部电影《荒野生存》,主人公克瑞斯抛弃一切,带着一包米、一本小说、一张地图、一杆猎枪去往一个蛮荒之地,成为一名"超级流浪汉"。这样一种追求自由的方式一直让陈晨很欣赏,可他并没有勇气去尝试。如今，骑行的快乐让他在心底有个梦想，希望有朝一日能挑战自己，骑车周游全国。

2012年，在家人的支持下，他将梦想付诸行动，开始了"周游全国骑行梦"的第一站，从南京到扬州，100公里。初次的成功让他信心满满，接下来一发而不可收：2013年，从南京骑到武汉，1500公里；2014年，从广西骑到曼谷，2000公里。一次又一次的成功，让陈晨不断对自己提出一个又一个新的挑战，越来越多的地方留下了他骑行的车印。

一天，他在网上浏览到一则新闻，报道了英国的一个独腿男子骑车环游世界的故事，他被这个故事深深震撼了。一向喜欢挑战的他内心又开始蠢蠢欲动，别人能完成的事，自己一样也能完成。他要骑车环游世界，让自己的青春任性一回。随即，他买来世界旅游攻略图，并一一标注自己要骑行到达的目的地。

一切准备就绪后，2015年3月4日，他开始了2015年的跨国骑行计划。一路上，陈晨尽享异国风情的美妙，乐享异域风俗的奇特。每到一个新的国家，他都能体验到那里不同的生活方式，分享到不同的文化和生活态度，也感受到异国人民的善良和友好。骑行中，他也遇到了各种各样的困难。比如独自办理单车托运、风餐露宿、自身的安全问题……有一次出行，正下着大雨，当时他的单车已经骑出悉尼3000公里，因为当地的植被很硬，造成轮胎严重破损，一路上单车频繁地爆胎，五天的时间居然爆胎了12次。屡屡爆胎，常常修补，再加上体能的消耗，让陈晨几乎想放弃骑行，打道回府。每到此时，心底里总有一个声音在支撑着他："陈晨，你不是孬种，你不会轻易被打败！"因为这样的信念，陈晨克服了一个又一个常人无法想象的困难。

与以往骑行不同的是，这次陈晨还带上了自己的公益梦，希望在骑行中募集一些善款，资助50名浙江残障儿童。他随身带着一条用中英文制作的条幅，上面写着"我是一名来自中国的单车旅行者，请给我一个拥抱，表达您对残障人士的尊重"。不少外国友人看见后，都会很友好地主动给他一个拥抱并合影留念。骑行的路上，总会有这样的温暖感动着他。他将一路上的所见所闻拍成照片发到微博、微信上，网友们深受感动，纷纷点赞。有的网友说："骑车环游世界是很多人都有的梦想，但恐怕这其中的大部分人也只是想想而已，没想到一个身有残疾的男孩竟然做到了。"

从中国台湾的台中到台南再到台北，再飞到新西兰，从基督城骑到奥克兰，最后到澳大利亚，经过黄金海岸、悉尼、堪培拉到墨尔本，历时76天，行程四千多公里。陈晨，这个26岁的年轻人用单腿骑出了别样的精彩人生，将"励志"镌刻进了自己的青春。

用心去触摸世界

青岚

"抓住两点钟方向的那块石头,抓紧了!"

"十点钟方向,可以落脚,踩稳了!"

阳光下,按照边上同伴发出的指令,一位年轻人用手紧紧抓住右上方的石头,稍作休息后,左脚慢慢伸出,稳稳踩住石头,一步一步向上攀爬,最终成功登顶。站在山顶上,他调皮地摆出"V"形手势。随后拿出背包里的相机,对着眼前迷人的景色不断地摁下快门。

这位年轻人叫贾斯汀,来自美国,今年22岁,阳光帅气,尤其那双眼睛特别迷人。看见他,你很难将"盲人"这个词和他联系在一起,然而命运就是如此捉弄人。

5岁时,因为视力不好,他戴上了厚重的眼镜;14岁那年,因为看不见东西,他被医生诊断为视神经坏死,这是一种无法治愈的疾病。从一个多彩的世界瞬间跌落至黑暗的低谷,对于一个青春期的孩子来说,这种打击是致命的。他无法接受这个残酷的事实,吃饭、喝水、如厕,这些再简单不过的事情都要有人伺候,他不敢想象未来的某一天,自己戴着墨镜,拄着盲拐,接受旁人的指点。那段暗淡的日子,他唯一能做的事就是用眼睛碰触电脑屏幕，极力去寻找屏幕上的微弱光线，还有那几乎变形的模糊字母。

  他的颓废，让所有人心痛。一天，好朋友约翰看到他如此消沉，很生气地训斥道："没有人能够改变你，除了你自己。从前不服输的你在哪里？你想让母亲的泪水伴你一生吗？"好友的话让他醒悟，是的，他已经没有了从前的影子。想想以前每逢周末，自己都和约翰骑着山地车满世界疯玩，而如今车子安静地放在那儿，他却不敢去触摸。

  "有勇气挑战在黑暗中骑车吗？我可以做你的第二双眼。"约翰的话激起了他心底的勇气。他昂起头，说："有什么不敢？"就这样，约翰推着车走在前面，他扶着车小心翼翼地跟在后面。

  那天，美丽的街心公园多了一道别样的风景。贾斯汀就像一个初学者，遵照约翰的指挥，骑着车慢慢地向前，一会儿向左拐，一会儿向右转，还得学会避让车和人。稍微不注意，人就"扑通"一声摔个四脚朝天。一段时间后，贾斯汀越骑越好，居然还可以骑出360度这种高难度的转弯动作了。这一次尝试的成功，让他心里多了一分自信。

  看到好友迈出了成功的第一步，约翰特别高兴。不久，他又邀请贾斯汀去攀岩俱乐部玩。他鼓励贾斯汀，攀岩不需要用眼睛看，而是需要你用心去感受。就这样，充满挑战精神的他又开始从事攀岩运动，并从此爱上了它。一个盲人练习攀岩，其中的难度可想而知。他记不清有多少次从十几米高的石头上摔倒在垫子上，也记不清在攀爬的过程中手被刮过多少伤痕，只记得从不服输的自己一次又一次地重新站起。每一次的失败，他都通过身体去记住每一块石头，感受石头的形状和方向，找到适合自己的路，不断挑战，最终爬上顶峰。

  如果说骑车和攀岩挑战的是勇气，那么摄影对于盲人来说则是需要敞开内心深处的双眼来拍照。

  "盲人拍照？简直是天方夜谭！""你看不见又如何能拍？"面对旁人的嘲讽，贾斯汀心底的那股拼劲儿又开始迸发而出。他给自己鼓劲儿，没有什么不可能！他不但能拍，还能拍出别样的美。然而虽然勇气十足，但拿起相机的一刹那，他仍手足无措，因为镜头前的那一片黑暗让他无所适从。他想起了之前的两次挑战，眼睛看不见，我一样可以用心去感知眼前的画面。就这样，他重新拿起镜头，想象自己能够看得见，将自己融入明眼人的世界中，通过听觉、触觉和记忆拍出了别具一格的照片。也许他拍出的照片和你眼前看到的景象不同，但正是因为有了这种独特的韵味，才让他的摄影作品受到越来越多人的喜欢，因为在他的照片里，充满着对世界的热忱和对生活的热爱。

不要用视线去指引你的前路，要用信念！贾斯汀，这位盲人摄影师和攀岩者，用自己的坚毅信念告诉世人，凡事没有什么不可能，只要你用心！

一生只做五块表的懒工匠

墨冉

如果说一个钟表匠一辈子只做了五块表,你一定会说这人很懒,不饿死就是万幸了。可是,他做的表,国王亲自佩戴,上舰测试;他做的表,完美解决了一个困扰欧洲航海界和科学界一百多年的难题。看来这个钟表匠真有两把刷子。

这个钟表匠,就是航海钟的发明者,英国人约翰·哈里森。

1693年,哈里森出生在英国约克郡的一个普通家庭,父亲是走街串巷的小木匠。从小他就知晓了木工活的敲、打、刨、锯,然而他对此兴致索然。

5岁那年,他第一次看见了摇摆的钟表。那清脆的嘀嗒声,仿佛天籁一般涤荡着他的心,他没有想到世间竟有如此美妙的声音,从此便不可救药地爱上了钟表。闲暇时,他不是没日没夜地抱着钟表聆听,就是反复拆装、"折腾"钟表。虽然长大后师从父亲做木匠活,但他对钟表依然情有独钟。20岁那年,他制作出人生第一台完全使用木头制作的落地长钟,这让他欣喜万分,更加用心钻研。

24岁时,哈里森听到了一个令他震惊的消息。英国舰队在返航途中突遇大雾,无法辨别方向,导致四艘战舰触礁沉没。究其原因,竟是没有技术手段可以测量舰队的准确位置。这个惨烈的消息在英国引起了轩然大波，政府悬赏两万英镑制作航海钟，并请来大名鼎鼎的牛顿担任评委。

年轻的哈里森勇敢地接受了挑战，开始设计制作航海钟。对于他的行为，有人嘲讽：一个小木匠不去打家具，却异想天开做钟表，简直是想钱想疯了。但这些杂音更激起了他的斗志，他给自己下了战书，只能成功，不许失败。从此，他开始潜心琢磨航海钟。

对于一个毫无专业知识的人来说，进入金属精工制表领域无疑是一个巨大的挑战。他无数次往返于五金制造铺，请教铜匠和铁匠；夜深人静时，他常常为一个零件的调校而伤透脑筋，无法入眠……终于在35岁那年，他设计出一款世界上最精确的钟，它在静止状态下偏差仅为两秒。这次成功让他信心大增，但想到航海途中船只摇摆的不稳定性会造成计时的不准确，他再一次陷入苦思冥想……

经过无数次的改进，经过7年的努力，已经42岁的哈里森终于在1735年制造出了震惊科学界的第一台航海钟H1，他用两根弹簧把两个金属钟摆的两头连在一起，让钟摆的摆动频率摆脱了重力的影响。之后的航海测试，证明了H1测量经度的足够精准。然而面对众人的赞誉，哈里森却并没有满足，他要制作出一台更为精确适用的H2。

在制作H2时，他出现了一次重大失误，浪费了他四年时间，之后他果断放弃原有设计，重新计划制作H3。这个H3花了他19年的时间，这期间他几乎是艰难度日，可仍是拒绝他人的高薪聘请，被人笑作"白痴"。

虽已成功制作出H3，但过大的体积，始终让他不满意。后来经人指点，他意识到小型化高频振子才是避免受环境影响的最佳办法，于是，已经66岁的他果断推翻之前的设计，再次制作出直径仅13厘米的怀表H4，这块表最终获得了英国经度委员会的认可。紧接着，他又开始了H5的精心制作。终于在1769年，79岁高龄的他造出了H5，再次震惊了科学界，当时的乔治二世国王亲自佩戴并进行航行测试，误差仅在8秒之内，如此精确，让人瞠目结舌。

作为钟表匠，一生只造五块表，这多少让人匪夷所思。面对旁人的不解，哈里森说:"我是木工出身的钟表匠,深知'慢工出细品'的道理,匠人的品格只能是精益求精,力求完美。"

从一美元剧本到天才导演

赤无头

一部《阿凡达》让导演詹姆斯·卡梅隆的名字再次传遍了全世界。从20世纪80年代开始，他便是全世界最受注目的导演之一。

1954年，詹姆斯·卡梅隆出生于加拿大的一个"工艺家庭"，他的父母分别是电气工程师和舞蹈艺术家，因此，卡梅隆似乎天生就具有工程和艺术两方面的优秀基因。

卡梅隆刚进入电影行业的时候，是在好莱坞制片人罗杰·卡曼的工作室里制作特技模型。当时轰动全球的《星空大战》和《恐怖星系》两部电影的特技就是出自卡梅隆之手。

1981年，25岁的卡梅隆开始执导他的第一部影片《繁殖》。这是一部完全在意大利拍摄的影片，尽管卡梅隆卖命地工作，却因为年龄较小得不到制片方的重视。在拍摄完成后，制片方甚至不让他参与影片的最终剪辑。

一个导演不能参与影片的最终剪辑，谁都可以想到那意味着什么。卡梅隆下定决心不再为任何人卖命，一定要制作完全属于自己的电影！卡梅隆首先想到的是必须要拿出属于自己的优秀剧本，只有拿出自己的剧本，才有可能拥有完全属于自己的电影。

在意大利期间，卡梅隆备受水土不服和被人轻视的折磨，这些痛苦的经历使他在回到美国后还会经常做噩梦。一次，他梦见自己被一个来自未来的机器杀手追杀。这个梦给了他一个编写剧本的灵感，根据噩梦的内容，卡梅隆用了三天时间就一气呵成了一个剧本，故事就围绕一个来自未来的机器杀手展开！

剧本虽然写好了，去哪里寻找制片人？有哪位制片人愿意购买一位从未写过剧本的年轻人所写的剧本呢？卡梅隆问了许多制片人，可是没有一个愿意购买他的剧本。最后，卡梅隆把这个剧本的价格定为一美元。与此同时，他也提出了一个要求，购买者必须要让他以自己的方式全部负责这部片子。

最后，一位名叫高尔·安尼·赫特的制片人买下了这个剧本，并且同意他的要求。于是在半年之后，詹姆斯·卡梅隆推出了他第一部自编自导的影片，成本只花了650万美元，却赚得了3800万美元的国内票房，并赢得了影迷和评论界的一致好评。这部电影就是轰动全球的《终结者》。在《终结者》中，卡梅隆的电影特色得到完整的发挥：富有创意的剧本，出色的特技制作，特色鲜明的角色表演。

《终结者》的成功使卡梅隆获得了电影界的广泛关注。第二年，西尔维斯特·史泰龙就约其一起撰写《第一滴血2》的剧本，这部影片同样也取得了票房上的成功。在之后的几年里，卡梅隆自编自导的更多作品相继问世，像《异形》和《深渊》以及后来的《泰坦尼克号》等，无论是在票房上还是观众口碑上都取得相当大的成功。而卡梅隆本人，也因为这些被称为是"伟大的天才导演"。

"一个廉价的电影剧本开启了我的电影人生，我至今仍为我当初的那个'廉价决定'而自豪！"在《阿凡达》的全球首映式上，詹姆斯·卡梅隆这样评价自己。